永遠的院子

とわの庭

Ogawa Ito

小川糸

陳令嫻——譯

媽媽總是在睡前念這首詩給我聽。溫柔的聲音就像是來自暖和的洞穴深處，帶領我沉浸於掌心泡在溫水中的舒適感受。

是你告訴我，
告訴我這裡有泉水。
進入蓊鬱森林深處，穿過茂密草叢。
滿是碎石的彼處竟然湧出泉水。
這明明是我的森林，我卻不知道。
不過是注視你，泉水便淙淙橫溢；
伸手擁你入懷，泉水便汩汩湧出，
湧出甘甜順口又清澈的泉水。
「請用請用，口渴了就盡情享用泉水吧！」
把我們的泉水分給眾人吧！

分給眾多生物吧！分給眾多花草吧！
你安心，我也安心。
你飢餓，我也飢餓。
你悲傷，我也悲傷。
身體與身體貼近，靈魂與靈魂便露出喜悅的笑容。
你我一同向世界演奏美妙的樂聲。
你的凝視帶來勇氣，
你的睡臉打消不安。
無論何時，我都想陪在你身旁。

我在媽媽懷裡，聆聽媽媽朗誦，感受媽媽的心臟近在咫尺。我喜歡媽媽的聲音，比任何悅耳的音樂都喜歡。她朗誦的這首詩名是《泉水》。

我人生中的光明都是媽媽帶來的。

我是個盲人。呱呱墜地之際或許有些許視力，不過我未曾有過雙眼確實感覺到光線的印象。打從有記憶以來，我只看得見模糊的色塊與明暗。日子久了，這些色塊與明暗的界線也日漸模糊，最後化為一片黑暗。

倘若是長大成人之後突然失去視力，生活也許會陷入一片混亂。好險我是從小就看不見，無光的世界之於我反而是正常。要是突然恢復視力，我恐怕會因為眼前瞬間過於繽紛多采而嚇到驚慌失措吧！

我之所以能生活得無憂無慮都是因為有媽媽陪在身旁，媽媽是我的光，媽媽是我的太陽。如同字面上的意思，媽媽就像太陽般照耀著大地，為我帶來溫暖。

媽媽在院子裡種了瑞香與桂花等會散發香氣的樹木，藉此告訴我何謂四季遞嬗。她把這個院子取名叫「永遠的院子」。

永遠是我的名字。

這是媽媽為我取的名字，很重要的名字。

有一天我問媽媽：「為什麼我叫永遠呢？」

那陣子我開始進入所謂的「為什麼期」，對於周遭的所有事物，不斷提出疑問，我想媽媽當時大概很頭疼吧。

可是她從來不曾流露出厭煩的語氣。

「因為你是媽媽『永遠的愛』，所以媽媽才給你取名叫『永遠』。」這是媽媽給我的答案。

「永遠的愛？」

「永遠就是沒有盡頭，一直持續下去的意思。漢字是這樣寫的……」

媽媽攤開我左手掌心，在掌心中央畫下複雜的線條。

「好癢喔——」

媽媽寫字時，我忍不住扭動身體，於是她又在我手上慢慢寫下「永」「遠」二字。

我的左手掌心能隨時變身為迷你筆記本。

「可是這兩個漢字很難寫，所以媽媽選擇用相同意思的平假名『とわ（TOWA）』當你的名字。平假名是這樣寫……」

接下來媽媽又在我的掌心上寫下「と」「わ」。

「你也一起寫寫看吧！」

媽媽抓住我的右手，帶領我用食指寫下「と」「わ」，我又自己寫了一次。

「好棒喔！永遠真的好聰明喔！一次就記住自己名字怎麼寫了！」

聽到媽媽稱讚我，我高興到不知該如何是好。我於是進一步挑戰，希望聽到更多讚美。

「那媽媽的名字呢？我也想學媽媽的名字怎麼寫。」

「媽媽的名字是『愛』。」

這應該是我第一次知道媽媽的名字。在此之前，我以為媽媽的名字就是「媽媽」。

「愛？」

「對啊，『永遠的愛』的愛。」

我聽了不禁抱住媽媽的脖子，開心得不得了。

「永遠的愛」就像一根施了魔法的線，把我和媽媽緊緊繫在一起。

「愛？」

「對啊！愛。」

「怎麼寫呢？」

媽媽這次在我左手上慢慢寫下她的名字，「あ」和「い」。

「い」我一下子就記起來了；「あ」轉來轉去的，有點複雜，我在腦中分析了一次，才寫在媽媽手掌心上。

「好棒！永遠是天才！」

媽媽又讚美了我一次。

那陣子解決了一個為什麼，我的腦袋就會冒出下一個為什麼。於是我又開口問媽媽：「愛是什麼意思？」

媽媽想了一會兒才回答我：

「愛是想對人或物奉獻，可是不求回報；或是想把對方留在自己身邊等等傾慕、疼愛、珍惜的感情。國語字典是這樣解釋的。」

可是我聽不太懂這個解釋。

「那是好事嗎？」

媽媽沒有正面回答我的問題，而是把我拉進懷裡，用力擁抱我。

她在我耳邊呢喃：「永遠跟媽媽是用『永遠的愛』繫在一起，所以什麼也不怕。就是這樣。」

「我愛媽媽。」

我也雙手用力環抱媽媽的背說：「永遠永遠愛媽媽。」

我想用用看剛剛學會的「永遠」二字。

「媽媽也永遠愛永遠喔！」

我和媽媽常常互相表達愛意。我們習慣用口頭確認對彼此的感情，這不是什麼丟臉的事情。

打從出生以來，我和媽媽總是形影不離，不曾分開。我們住在一棟兩層樓的小房子，二樓上方還有一個狹小的閣樓。寢室位於二樓，一樓廚房的下方是聊勝於無的地下室。房子前方是永遠的院子。

我的生活充滿媽媽的愛。每一頓飯都是媽媽親手烹飪，衣服則是媽媽用自己的舊衣服改的。裙子的口袋裡總有燙得平整的乾淨手帕。媽媽還在通往廁所的走廊天花板上懸掛毛線，好讓我知道怎麼走到廁所。

儘管我看不見，卻總能馬上知道媽媽在哪裡，因為媽媽有她專屬的氣味。我一直到很久以後才發現她身上的味道跟院子裡的某種植物相似——總之我能立刻就分辨得出媽媽的氣味。

歐德先生也有一點點氣味。每次媽媽打開他送來的箱子，總會散發出家裡原本沒有的氣味。

那個味道類似葉子的幽香，要全神貫注在鼻子上才聞得到。我長大之後聞到燃燒白鼠尾草葉子的氣味，第一個聯想到的就是歐德先生。但是當時我年紀還小，沒有機會認識白鼠尾草這種植物。

不對，或許我曾經有機會認識。畢竟媽媽念了很多書給我聽，拓展我的世界。但是我不曾特別意識到白鼠尾草，所以無法用言語正確表達歐德先生的氣味。

白鼠尾草的氣味給人的印象絕非黯淡無光，而是近乎陽光的氣味。我覺得氣味也有專屬的色彩或光線，而我經常把氣味與顏色結合。

歐德先生每星期會送一次生活用品到我們家。

我從來不曾問過媽媽，不過我想對方應該是男性。媽媽把購物清單放進空罐子裡，對方看了就會在下個星期三送來。

我在心裡稱呼對方是「星期三的歐德先生」。

媽媽從來不曾告訴我歐德先生的身分。我沒聽過媽媽跟他交談，他也不曾走進我們家。搞不好他跟我一樣，也有部分身體機能失能。

他通常是星期三傍晚來訪，把東西放在後門前，然後敲三下門——這是他通知我們的方式。過一會兒，媽媽會開門把東西拿進來。這個家從廁紙、ＯＫ繃、感冒藥、肥皂到牙刷，都是歐德先生送來的。

通常媽媽把東西拿進來時，電話就會響起來。鈴聲持續一陣子之後切換成語音信箱，接下來便會錄下奇妙的聲音。在我耳裡聽起來總像是孟冬之際颳起的寒冷北風，聽不清楚對方在說什麼。

但是媽媽好像聽得懂對方在說什麼，聽到那個聲音總會低喃一句：「啊——是歐德先生。」

我不曾聽過他以外的人打電話來，所以小時候一直以為電話只能和特定人物一對一聯絡。

我也沒有時間流逝的概念。硬要說的話，歐德先生相當於我心中時鐘的短針。藉由他的來訪確認這一天是星期三，感受又過了一星期。

如果歐德先生是時鐘上的短針，那麼長針就是烏鶇了。

對了！還有烏鶇合唱團！

烏鶇合唱團的歌聲通知我早晨來臨。

身為盲人，我無法透過光線的強弱辨別現在的當下是白天或是夜晚。烏鶇代替我的雙眼，為我確認晨光。

烏鶇是我的報時器，用歌聲通知我又是一天的開始。

永遠的院子是烏鶇合唱團展現歌聲的最佳舞台。大家在院子裡競相披露美妙的歌聲，心情好的時候，連傍晚也會來唱歌，所以牠們不但通知我早晨來臨，也會告知我夜晚降臨。

問題是烏鶇合唱團到了陰天或雨天似乎就會休息，所以烏鶇不僅通知我晨昏的時間，也告訴我當天的天氣，是值得信賴的夥伴。

聽不到烏鶇歌聲時，媽媽改用唱片通知我一天又拉開序幕。唱片播放的多半是平靜沉穩的鋼琴曲，因為媽媽喜歡鋼琴的音色。

一早就開始播放鋼琴曲的日子，媽媽的心情總是特別好。

教我讀書識字的人是媽媽。

媽媽有一天為我買來鉛筆盒，裡面裝了橡皮擦和削尖的鉛筆。

「我們從今天開始上課吧！」

媽媽雖然充滿幹勁，我卻進入不了狀況。橡皮擦飄著類似柑橘或是檸檬的香氣，聞起來好好吃。我一直把橡皮擦拿到鼻尖，一個勁地聞味道。

我最有興趣的是學習詞彙。

有一天，媽媽在我掌心正中央放了一團棉花。

「永遠，你慢慢、輕輕地握住這個東西。」

我照著媽媽的吩咐，手指慢慢施力，用掌心包覆那團棉花。

「軟綿綿，懂了嗎？這個觸感就是軟綿綿。」

「軟——綿——綿。」

我慢慢重複媽媽說的話，確認意思。

「對，軟綿綿，因為這個東西軟綿綿的啊！」

媽媽這麼一說，我也覺得棉花就是軟綿綿的，沒有比這個形容詞更貼切的說法了。仔細想想，周遭有許多軟綿綿的東西。例如媽媽的小腿、還沒進烤箱的土司和我的嘴唇。

「心怦怦」也馬上就懂了。我常常懷抱這種期待的心情。當媽媽來到身邊時，我總是心怦怦；媽媽在睡前念書給我聽，我也心怦怦；吃到最喜歡的蛋包飯時，更是心怦怦。

「黏呼呼」也很簡單。媽媽把叫做「滑菇」的香菇放在我手上叫我摸，我馬上就懂了。媽媽似乎不太喜歡「黏呼呼」和「黏答答」，覺得連字面都黏黏的好噁心。但是我挺喜歡這兩個詞的。

「滑溜溜」也馬上就懂了，因為媽媽拉著我的手摸她的大腿內側。

「滑溜溜。」

我說了一次，媽媽又重複了一次。

我把自己的臉頰貼上媽媽的大腿，讓兩個滑溜溜靠在一起。

「滑溜溜」是個感覺舒服的好詞。

反而言之，我無法馬上理解「亮晶晶」、「明晃晃」和「煙濛濛」。

另外，我到現在都還不太懂「步步行」的意思。我心目中的「步步行」和大多數人口中的「步步行」真的表示同一種情況嗎？所以講到「步步行」這個詞時老是沒把握。

不僅如此，了解顏色又是另一個難題。

就算媽媽教我什麼是「紅色」，我也不知道「紅色」跟「橘色」的差別。藍色、黃色和紫色之於我就像外星人說的話，聽了說明還是腦袋一片空白。但是在媽媽細心解釋之下，我想自己也多多少少明白是什麼意思。

我莫名喜歡「鼠灰色」這個名詞，總覺得自己打從一開始就明白是什麼意思。第一個教我什麼是「鼠灰色」的人也是媽媽，她告訴我這是古代喪服的顏色。我又問媽媽什麼是「喪服」，媽媽當時應該是沉默了一會兒才告訴我那是當心愛或親近的人前往遠方，因為再也見不到而哀傷時所穿著的衣服。

如果鼠灰色象徵喪服，我應該不明白究竟是什麼意思。因為最心愛的媽媽無時無刻不陪伴在我身旁。可是我總覺得在學會「鼠灰色」一詞之前，就已經認識這個顏色了——或許我們上輩子是好朋友吧！

媽媽很愛看書，常常念書給我聽。所以我雖然不曾離開這個家，卻已經旅行過很多次了。例如外國人寫的故事書裡就告訴我烏鶇是一種身體左右兩側有翅膀，能在空中飛翔的生物。

通常我是在睡前出發去旅行，偶爾也會在曬太陽時出門。故事的舞台有時是日本，有時是其他國家，甚至是虛構的世界；時代背景有時是現代，有時是很久很久以前，甚至出現來自未來的外星人。

這些書也是每個星期三由歐德先生送來的。

在此之前，我和媽媽的生活就像冬眠的母熊與小熊。母熊與小熊蜷縮在被白雪掩沒的熊窩裡片刻不離，我倆也相依為命，從未走出這棟小房子。我以為這種生活理所當然。我不需要其他東西，我只要媽媽一直待在家裡陪我就好。

所以當媽媽吩咐我看家時，我一時之間無法理解。當時媽媽正好念完一本主角變成鱷魚的故事書。

「那麼媽媽也差不多該去工作了。」

媽媽說出這句話時，若無其事的口吻像是下雨了得去收衣服之類的自言自語。

「工作？」

「對啊！為了和永遠一起生活，媽媽要去工作了。」

當時我不清楚自己究竟幾歲，畢竟我的計時方式只有兩種——星期三的歐德先生和烏鶇合唱團。烏鶇合唱團通知我一天拉開序幕，吃完早中晚三頓飯便是睡覺時間。這個過程重複七次，則是歐德先生造訪的日子。

這就是我的時間概念，我不需要把時間切割成更細微的秒或分，甚至是小時。

我從未想過有一天媽媽會出門，而我必須孤零零地待在家，無人陪伴。

「不要，人家不要！」

我想起某個國家有隻聰明的狗，隨時隨地都和主人一起行動，於是對媽媽說：「媽媽要出門的話，我也要一起去。我會當個乖孩子等媽媽。」既然那隻狗做得到，我一定也辦得到。可是媽媽拒絕了我的懇求。

「不行，永遠要聽話。媽媽得出門賺錢才行。」

「錢是什麼？」

我以前只在故事裡聽過「錢」這個字。媽媽努力說服我：

「沒有錢就沒辦法在這個社會生存下去。永遠會乖乖看家對吧？而且媽媽只會在你睡著時出門，你醒來時我就回家了。你乖乖看家的話，媽媽就煎你最喜歡的鬆餅給你吃。」

聽到鬆餅，我開始動搖。然而心中還是有一抹不安，我因此緊握媽媽的手腕。

「別擔心，媽媽之前就已經請歐德先生送來睡美人藥，也準備好尿布了。」

「尿布？尿布是小寶寶穿的東西，我才不要穿！」

長這麼大還得穿尿布，實在太丟臉了。媽媽當初改造家裡不就是為了讓我一個人也能去上廁所嗎？

「永遠乖，聽媽媽的話。穿上尿布，睡覺時就不用起來上廁所了。這樣媽媽才能安心。」

「媽媽喜歡我嗎？媽媽愛我嗎？」

我當下不禁懷疑起媽媽。

「媽媽當然愛你呀！全世界媽媽最愛的人就是永遠了。媽媽對永遠的愛比大海還深喔！」

結果我在媽媽的催促下，心不甘情不願地脫下內褲，換上尿布。粗糙的尿布穿起來很不舒服。儘管我覺得自己不需要這種東西，為了讓媽媽安心也不得不妥協。

我穿著原本的衣服，只有內褲換成尿布，躺在床上。

「來，嘴巴打開，啊——」

一打開嘴巴便感覺到媽媽把什麼東西放在我舌頭上。這個東西圓圓硬硬又有點冰冰涼涼。

「媽媽馬上就回來，媽媽寶貝的寶貝的小——永——，晚安。」

媽媽話還沒說完，我便沉沉睡去。

媽媽這句話像是睡前的咒語，說到我名字時會拉長語調。我最喜歡聽媽媽這樣叫我了。

當我睜開眼睛時，媽媽已經回家了。正因為媽媽出過門，我更是強烈感受到她的氣味，像是藉此填補空白的時間。媽媽的氣味有明確的形體，我看得見形體的輪廓。

我躺在床上呼喚媽媽：「媽媽。」

媽媽走到床邊，撫摸我的臉頰：「真是太好了，媽媽本來好緊張，擔心你要是再也醒不過來該怎麼辦才好？」

我問媽媽：「烏鶇合唱團呢？」

「你在說什麼呀，已經中午了！」

媽媽的回答代表我睡到連烏鶇合唱團的歌聲都沒聽到，我以前從來沒有睡得這麼沉過。結果看家的時間一下子就過去了。我心想原來看家這麼簡單，根本沒什麼好緊張。

但是看家的主要問題不是等待。

「永遠去脫尿布吧！你會自己脫尿布吧？」

聽到媽媽吩咐，我快速走到一樓。直到媽媽提醒，我才想起來自己還穿著尿布。

我先抽出右腳，再抽出左腳，脫下沉重的尿布，換上內褲。這件事令我莫名空虛，不過媽媽一定不會了解這種心情，所以我從來沒向她抱怨過尿布的事。

媽媽依照約定，中午煎鬆餅給我吃。我最喜歡吃鬆餅。媽媽特地在平常用的餐桌鋪上桌巾，似乎有點興奮。

我在媽媽煎好的鬆餅上淋上大量的楓糖與奶油，豎起耳朵聆聽鬆餅吸收楓糖的聲音。用手指撫摸鬆餅邊緣的弧線和表面的焦痕，用指尖按壓中間已經吸滿楓糖的部分。確認完觸感，我才把鬆餅送進嘴裡。

平常媽媽習慣煎四片鬆餅，我們一人各吃兩片。這天我除了自己的份，還吃了一片媽媽的鬆餅，總共吃了三片。

每次吃了媽媽煎的鬆餅，我總會打起瞌睡來。對我而言，鬆餅是帶來幸福的藥劑。媽媽站在我背後嘻嘻笑：「因為你沒吃早飯呀！」

吃完鬆餅之後，我跟媽媽一起去洗澡。

烏鶇傍晚時來到院子裡，大聲展現動聽的歌聲。這一天的媽媽心情也很好，跟烏鶇一樣。

原本一星期只需要「看家」一次，後來慢慢變成二次、三次。媽媽準備出門時，我總是心神不寧。聽到化妝品開開闔闔的聲音與聞到口紅的味道，我就知道媽媽要出門工作去了。

出門前媽媽一定叮嚀我：「不管是誰來，就算是歐德先生也不能開門，更不能出聲回應，知道嗎？」

說完這句話，媽媽會把糖果跟睡美人藥一起放進我嘴裡。糖果裡包的是濃稠的蜂蜜，舔一會兒便流出來。我把睡美人藥跟蜂蜜一起吞下肚，馬上就睡著了。

當我醒來時，媽媽已經回到家了。每次看家都只要進入夢鄉就結束，真是太好了。

夢！

我會做夢了！

神奇的是我做夢時感覺得到光。我無法用言語正確的形容，不過夢境中的景象部分帶有色彩，映入眼簾的是彩色世界向我張開雙手，歡迎我光臨。

我在夢境中能隨心所欲行動，不但能飛翔跳躍，有時甚至還會跌倒。現實生活中每走一步都得把所有注意力集中在腳底，夢裡卻一點也不需要。

夢裡的我自由自在，不受拘束。

我學會把裙襬纏繞在公園的單槓上前後翻轉也是在夢裡。當時翻轉的喜悅和整個世界都隨之旋轉的衝擊，逗得我在夢裡大笑不已。

在媽媽開始工作之前，我們的生活是早晨在烏鶇合唱團的歌聲中醒來，晚上早早上床，從不熬夜。至少我自己一直是過著這樣的日子。

但是生活作息隨著媽媽出門工作而日益紊亂。吃了睡美人藥的隔天，我有時會睡到傍晚；不需要工作的日子，無論烏鶇如何呼喚，媽媽卻總也起不來。烏鶇的合唱也代表我的心聲。

這種時候媽媽總會用疲倦委靡的聲音說：「永遠不好意思，你自己隨便弄點東西來吃吧！」

媽媽忘記我眼睛看不見，沒辦法像她一樣站在廚房煮東西來吃。其實不准我進廚房的正是媽媽。她嚴禁我用火，說用火很危險，要是釀成火災就糟了。

「好。」

我簡短地回應媽媽，自行打開廚房的櫃子，從裡面找出常吃的炒麵泡麵*。撕開蓋子，拿出乾燥蔬菜包和醬料包，倒入用快煮壺燒好的熱水。接下來全神貫注在鼻子上，聞到微微香氣時，隨便攪拌醬料和乾燥蔬菜，吃將起來。

吃了泡麵的隔天，我總會拉肚子，要是撞上得穿尿布的日子，只能用「最糟」兩個字形容。

當然媽媽不是總是這樣的。她在床上休息一陣子之後又會恢復精神，變得格外開朗多話。

有一天媽媽突然對我說：「永遠，我們來跳舞吧！今天要開舞會一整天！」

---

*編按：泡麵的一種。瀝過熱水、拌上醬料後，口感類似炒麵。

「舞會？灰姑娘參加的那種舞會嗎？」
「對啊！灰姑娘參加的那種舞會。你一定也能遇上英俊的王子。」
媽媽說了奇怪的話。
「我才不要結婚，要一直跟媽媽相親相愛，住在這裡。人家才不需要什麼王子呢！」
這是我的真心話。
「謝謝，永遠真是個貼心的孩子。」
媽媽拉起我的雙手。
「我們今天來開舞會吧！媽媽好想跳舞喔！我們得一起換上禮服才行。」
「禮服？我沒有禮服吧？」
我平常穿的都是用媽媽舊衣服改的童裝。
「沒關係，媽媽馬上就連你的份一起做好。」
媽媽還真的立刻做起我的禮服。完成之後，我們一起換上剛做好的禮服。
「好可愛。」

媽媽對著鏡子發出感嘆。

我張大眼睛，想像自己在鏡子裡的模樣。可是無論我怎麼觸摸自己的臉龐，腦海中都浮現不出具體的形象。所以我時不時想知道自己究竟長什麼樣子。媽媽誇我可愛時，這種渴望更是強烈。

我也誇獎媽媽：「媽媽也很可愛喔！」

因為媽媽是我心目中最可愛的人了。

媽媽拉起我的手說：「來吧！」

當媽媽把唱針放到唱片上時，傳出節奏沉穩的曲子。

「這是華爾滋，我們今天就來跳華爾滋吧！一路跳到天亮。」

媽媽在我耳邊提議。

「可是灰姑娘十二點之前就得回家了。」

「對喔，灰姑娘十二點到了就得回家——永遠果然很聰明。」

媽媽這句話聽起來像自言自語。

我配合媽媽的動作，輕輕搖晃身體，偶爾轉個幾圈或是交叉手臂。

我一直以為舞會只會出現在故事裡。但是跳著跳著，我也開心了起來，覺得自己化身為蒲公英的冠毛，輕盈地躍動身體。

對我而言，華爾滋的節奏聽起來就像：軟——綿綿、軟——綿綿，軟——綿綿、軟——綿綿。

院子裡的樹木是何時向我開口的呢？

我的時鐘原本只有烏鶇合唱團代表長針，星期三的歐德先生代表短針。但是現在又多了一個告訴我什麼叫做一年的象徵。

有一天打開閣樓的百葉窗時，飄來一陣甜蜜的香氣。媽媽以前念故事給我聽時，告訴我新娘子結婚時會戴「頭紗」這種婚禮用的頭飾。這股香氣令我立刻聯想到「頭紗」這個詞。香氣的妖精悄悄穿過百葉窗，為我戴上美麗的頭紗。

媽媽以前警告我不能打開二樓的窗戶，還用膠帶貼起來。閣樓的百葉窗是我唯一能自由開啟的窗戶。那陣子我把閣樓當作自己的房間，常常待在那裡。

好香喔！

我反覆深呼吸。嗅聞樹木的香氣彷彿在跟樹木對話。我第一次找到媽媽之外的聊天對象。

「媽媽，這是什麼樹的香味啊？」

我對終於醒來的媽媽開口。

「香味？」

「對啊，今天傳來好香的香味喔，一定是來自院子裡會散發香氣的樹木吧！」

「啊——」

媽媽的聲音聽起來很疲倦，一邊打呵欠一邊回答：「是瑞香，到了春天會開花。」

「花？是花散發香氣嗎？」

「對啊！一定是瑞香的花開了。」

「瑞香的花長什麼樣子呢？」

我好想好想知道瑞香花的模樣。是很大朵還是小小的呢？花瓣是什麼形狀，又是什麼顏色呢？可是媽媽的口氣有些不耐煩：「嗯——我忘記瑞香花長什麼樣子了。」

自從媽媽全心全意投注於工作以來，三餐的菜色不再像過去那樣精緻。我明白這是無可奈何的事，所以不多強求。可是不再念書給我聽就是難以忍受的痛苦了。這件事情再次打擊了我：我是個不完整的人，要是媽媽無法幫忙，我連一個字都看不到。如果烏鶇能代替媽媽念書給我聽該有多好呢？

我回溯歐德先生的來訪次數，計算媽媽上次究竟是什麼時候念書給我聽。一次、二次、三次、四次——也就是我幾乎一個月沒旅行過了。

「媽媽，今天可以念書給我聽嗎？求求你。」

有一天我實在按捺不住，對著媽媽的背影苦苦哀求。

「媽媽現在手邊沒有書，歐德先生沒送書來。」

我不禁脫口而出：「騙人。」

我絲毫沒有傷害媽媽的意思，可是已經來不及了。

「媽媽才沒有騙你！」

媽媽的回應近乎嘶喊。

「我才不會騙人！」

說完之後，媽媽開始啜泣。

「對不起，媽媽對不起。」

我摩娑著媽媽的背，拚命道歉。都是我害媽媽哭、都是我害媽媽這麼難過，這件事情讓我很難過，也覺得都是我的錯。

可是無論我如何道歉，媽媽還是哭個不停。

「對不起，媽媽對不起。」

我尋找流到媽媽臉頰上的淚水，拚命用手帕拭去淚水。

「都是媽媽不好，都是媽媽害你變成這樣，都是媽媽害你吃這些苦……」

說到這裡，媽媽哭得更是厲害了。

聽到媽媽對自己道歉，我真的很難受。

「沒關係，媽媽沒空念書給我聽也沒關係。所以媽媽拜託妳不要哭了，聽到媽媽哭，我也難過得想一起哭。」

說著說著，我也悲傷起來。都是因為我這麼任性，害得媽媽這麼傷心，我在心裡對媽媽磕頭，反省自己的作為。

「永遠對不起，我是壞媽媽，對不起。」

媽媽把我拉到胸前，用力抱緊我。

「壞的是我，不是媽媽，媽媽一點也不壞。」

我拚命安慰媽媽。

「謝謝永遠，媽媽最愛永遠了。只要永遠待在媽媽身邊，媽媽什麼都不怕。」

媽媽說話時嘴巴噴出溫暖的氣息，搔得我耳朵癢癢的。我拚命拚命忍住不要躲避，想要一直待在媽媽懷裡。

「我也最喜歡媽媽，最愛媽媽了。」

儘管我說出心聲，卻覺得媽媽恐怕連我一半的心意也感受不到，不禁沮喪灰心起來。

「沒關係，媽媽會加油，媽媽一定得加油，這樣才能跟永遠一起過著幸福的生活。」

媽媽似乎終於止住淚水。

「所以永遠再忍耐一下，再過一陣子，媽媽就能一直待在家裡了。」

聽到媽媽說出這番話時，我簡直興奮得想大叫。我最期盼的莫過於媽媽一直在家裡陪我，每天在烏鶇合唱團的歌聲中醒來，吃媽媽煎的鬆餅；再也不用看家、穿尿布和吃睡美人藥。只要能回到過去規律平穩的生活，叫我怎麼忍耐都行。

現在回想起來，媽媽應該是從那陣子開始情緒越來越不穩定。

當時她常常把擔心失眠這件事掛在嘴邊。

「永遠真好，睡得這麼熟。媽媽好羨慕喔！」

「媽媽睡不著嗎？」

我不太了解因為失眠而不安是怎麼一回事，畢竟我老是沉睡到雷打不醒。

「那我數羊給媽媽聽好嗎？」

我記得很久以前媽媽念給我聽的繪本裡提到晚上睡不著時可以數羊。

「數羊也沒辦法讓媽媽睡著。」

「那睡美人藥呢？」

「媽媽很久以前試過，可是吃了很多也還是沒用。而且媽媽得把藥留下來給你看家時吃。」

「我不吃藥也會睡著喔！」

其實不僅如此，每次吃藥的隔天總是頭重腳輕，可以的話我實在不想再吃了。

「不行！永遠要是不吃睡美人藥的話，媽媽會擔心到要發瘋。你一個人看家的時候一定要熟睡才行。」

媽媽的語氣實在太嚴肅，我只能乖乖接受。

「對啊，看家時一定得吃睡美人藥才行，沒有就麻煩了。」

媽媽得意洋洋地說：「對啊！睡美人藥要小心使用才行。」

媽媽不是個只會顧及自己的人，也曾經在我睡眼惺忪時突然為我戴上花冠，帶給我驚喜。

「永遠你看！很可愛吧！這是媽媽半夜去院子裡摘花做的喔！」

我伸出雙手，慢慢朝自己頭的方向，去觸摸花冠。

「我用白色與粉紅色的波斯菊編的，還加上了橘色的花。大小剛剛好，實在太適合你了。」

我想進一步探索花冠的模樣，雙手輕輕舉起花冠拿下來，把臉湊過去，嗅聞氣味。如此一來，好像我也稍微感受得到花冠的模樣。

「我可以去照鏡子嗎？」

我小心翼翼地拿著花冠，朝走廊的鏡子前進。這或許只是我的錯覺，不過站在鏡子前面比較容易想像得出來。

我站到鏡子前面，媽媽拿起我手上的花冠，小心翼翼戴在我頭上，就像王子為公主戴王冠一樣。

「媽媽也戴戴看。」我覺得媽媽一定比我更適合這個美麗的花冠。

「不用啦！媽媽不適合，而且這個花冠太小了，媽媽戴不上去。」

媽媽的口氣似乎很退卻。其實我真的很想讓媽媽戴戴看，又怕過度要求會刺激她好不容易穩定下來的情緒。想到媽媽發脾氣時的可怕模樣，我於是沉默了下來。我想這才是正確的應對方式。

那一整天，我都戴著媽媽編給我的花冠。

花冠到晚上雖然枯萎了，心情卻像嘴裡含了一整天的楓糖般甜蜜。

這是媽媽——第一次也是最後一次——採集永遠的院子裡的花草為我編花冠。

「永遠，媽媽帶了一個朋友回來給你喔！」

媽媽把那位朋友介紹給我。

「朋友？」

當時我才剛起床，腦袋還沒清醒，只想趕快換掉又濕又重的尿布。可是媽媽急著想介紹朋友給我認識，換尿布就往後延了。

突然說要介紹朋友給我，我也毫無概念。當時我根本不覺得自己需要朋友，因為我已經有最知心的媽媽陪在我身邊；想聊天的話，院子裡的植物便已經足夠。可是媽媽對這些事情毫不知情，把這位朋友放在我身邊。

「永遠你懂嗎？這是朋友喔！」

這是我第一次觸摸外人的臉龐。我朝對方的臉蛋輕輕伸出雙手，溫柔撫摸表面，以免嚇到他。這種時候我確切感受到自己的眼睛長在掌心，大部分的東西只要摸過便「看得見」。

對方動也不動，靜靜忍耐我一路摸索。

他的睫毛纖長，也有眉毛，而且比我高大壯碩。

「你給朋友取個名字吧！」等我鑑定完朋友，媽媽向我提議。

「我來取名字嗎？」

媽媽從後面抱住我，用甜蜜的聲音對我說：「對啊！給他取個好名字吧！」媽媽的氣息擾得我發癢，不禁扭動身體。這位朋友似乎是坐在放在閣樓的沙發上。

朋友穿著整齊，我到後來才知道他還穿了內衣，胸部蓬鬆而柔軟。

我再次觸摸對方的頭髮，思考該取什麼名字。既然媽媽要我取名字，我當然欣然接受。朋友的耳朵有耳道，鼻子上也有兩個鼻孔；一直默默忍耐我用雙手評鑑他。

「蘿絲瑪莉，我要給他取名叫蘿絲瑪莉。」

當我說出這句話時，覺得再也沒有比蘿絲瑪莉更適合他的名字了。

「真是個好名字！」

媽媽撫摸我的頭髮，一邊稱讚我。

蘿絲瑪莉是「迷迭香」的音譯。這是我最喜歡的香草之一，媽媽有時候也會在自己烘烤的餅乾裡加上一些。

我和蘿絲瑪莉的友情從這一天開始。至於我們成為生死至交是很久以後的事了。

我無法立刻和蘿絲瑪莉成為好朋友是因為無論我怎麼搭話，他都沒有反應；腳尖總是冰冰涼涼，不像媽媽那麼溫暖。

但是他全身柔軟蓬鬆，像是一顆巨大的棉花糖。

所以媽媽沒空陪我時，我會去找蘿絲瑪莉，把頭枕在他的大腿上，一直仰望百葉窗另一頭的廣闊藍天。

他不曾帶給我超越媽媽的安心感受，有時反而更覺得寂寞孤單。

儘管如此，還是會去找蘿絲瑪莉，跟他一起躺在沙發上。這通常發生在媽媽過於忙碌，不願意念書給我聽的時候。

因為身邊沒有其他人，我的初吻對象是蘿絲瑪莉。

我親過蘿絲瑪莉一次。

當時媽媽的身體情況逐漸好轉，慢慢又能念書給我聽。故事出現主角與戀人初次在湖畔接吻的情節。

湖水在夕照下閃閃發光，天鵝在水面上優雅前進。

主角的戀人看到眼前的景色，忍不住對主角讚嘆景色迷人時，主角靠近戀人，靜靜吻了對方。

媽媽念這段情節時，我心頭小鹿亂撞不已。下腹傳來陣陣刺痛，莫名坐立難安，而且我平常三兩下就能入睡，當天晚上竟然輾轉難眠。

接吻到底是怎麼一回事呢？

我抑制不住好奇心，隔天趁著媽媽晾衣服時走上閣樓去找蘿絲瑪莉，並肩坐在沙發上。我撥開他的髮絲，吻了他的嘴唇。

接吻的同時，我在腦中回憶昨天聽到的故事，幻想我們也坐在湖邊的長椅接吻。雖然沒有嘗到期待的滋味，對方的嘴唇慢慢熱起來，最後和我化為相同溫度。

十歲生日那天的情景直到現在都還刻劃在我腦海中，恍如昨日。當天從一早開始就是特別的一天。

當我張開眼睛時，媽媽已經下班回家，站在廚房做菜了。來自廚房的溫熱水蒸氣色彩繽紛，環繞我的觸感像是裹上毛毯。

「早安。」

聽到我打招呼，媽媽突然對我說：「永遠，生日快樂！」

「生日？」

之前媽媽從來不曾為我慶生，我根本不知道生日是什麼意思。

「今天是紀念永遠出生的大日子喔！媽媽在十年前生下了你，我們在十年前的今天建立起了『永遠的愛』。」

可是就算媽媽這麼說，我還是聽不懂。當我還愣在那裡時，媽媽遞給我一個大包裹。

「這是媽媽送給你的生日禮物！」

媽媽湊近我的臉說：「打開來看看吧！」

我蹲下來，把禮物放在地上。雖然我想趕快換下尿布，不過現在該做的第一件事是拆禮物。

表面光滑的包裝紙上綁了緞帶。

「這是什麼顏色的緞帶呢？」

「是你最喜歡的顏色喔！」

媽媽的口氣很興奮。我一聽就明白是黃色。

那陣子我很喜歡黃色。媽媽曾經告訴我黃色是太陽的顏色。在太陽光下伸出掌心，掌心就會暖暖的。蛋包飯的蛋皮是黃色的，而我喜歡吃蛋包飯；蒲公英的花朵是黃色的，蘿絲瑪莉的內衣上也縫了黃色的緞帶。所以我輕輕鬆鬆便能想像出黃色的模樣。

我先用掌心感受綁上黃色緞帶的禮物盒，再摸索出緞帶的尾端，緩緩拉開緞帶。

當打結的部分鬆開，緞帶失去原本端正的形狀，化為一條細繩。

我特意花時間自行打開綁得緊緊的結，拿下緞帶。因為難得收到一條長緞帶，我不願意剪成好幾段。

拆下包裝紙上的貼紙和膠帶也不是件簡單的事，不過我還是靠自己的力量解決了。

禮盒裡是一件洋裝，觸感像是細緻的泡沫。

「你喜歡嗎？媽媽挑了很久，覺得一定很適合你。」

媽媽撥開我的瀏海，在我耳邊低喃。

我將洋裝攤開，放在地板上，試著綜觀整件衣服的模樣。蓬蓬的短袖呈現花苞的形狀；衣服質地滑順柔軟，觸感一如光滑的水面；蕾絲做的領子讓我想起媽媽之前編給我的花冠；袖口的蕾絲觸感彷彿剛萌芽的花草；胸口則是裝飾了許多縱向的荷葉邊。

我撫摸洋裝，同時陶醉地對媽媽說：「我好喜歡！」

「太好了，這下子媽媽就放心了。我本來很擔心要是你不喜歡的話怎麼辦？」

媽媽撫摸我的臉頰說：「這件洋裝一定很適合你。」

我刻意不問洋裝的顏色。雖然有一點在意，不過顏色什麼的一點也不重要。我總覺得媽媽一定是挑了鼠灰色的洋裝，因為這是最適合我的顏色，而且也是媽媽最喜歡的顏色。

媽媽不僅送我生日禮物，還準備了一桌好菜。我在媽媽做菜時換下睡衣，脫下尿布，梳好頭髮。我雖然大致知道慶生是怎麼一回事，卻從來沒想過原來自己也有生日。

知道這項事實後，除了吃驚還是吃驚。

當我用濕毛巾仔細擦拭著臉蛋各個角落時，突然想到，媽媽也有生日吧？但是我從來沒聽媽媽說過她有媽媽。

雖然媽媽說我今天滿十歲，我對於「十年」究竟有多長，還是一點概念也沒有。烏鶇合唱團得通知幾次早晨來臨、星期三的歐德先生得敲幾次門才代表過了十年呢？突然知道自己滿十歲，我卻沒有滿十歲的感覺，只能仰望天空，不知所措。

餐桌上擺滿食物，豐盛一如百花爭妍的花田。

「這是無花果沙拉，這是蘑菇濃湯，這是你最喜歡的蛋包飯，而且還是慶生用的特別版本喔。接下來媽媽要去烤飯後甜點給你。」

媽媽的聲音聽起來幹勁十足。

「對了，還要放音樂！」

她說完之後，放起唱片。我的十歲慶生會就這樣拉開序幕。

慶祝到一半，媽媽忽然想到慶生會得邀請朋友參加，急急忙忙把蘿絲瑪莉從閣樓帶過來。

蘿絲瑪莉靜靜凝視著我和媽媽親密用餐。他不吃也不喝，只是張著嘴坐在我旁邊。他的嘴巴老是閉不起來。

媽媽烤的飯後甜點是巧克力蛋糕。放進烤箱之前，廚房就已經瀰漫著甜甜的香氣了。

巧克力蛋糕放進烤箱之後，我深呼吸了好幾次。這個香味比院子裡的樹木濃郁許多，香甜到腦漿都要融化了。我蹲在烤箱前面，幻想裡面的巧克力蛋糕是什麼滋味與模樣……

「危險！不要再靠近了。」

為了聞到更濃烈的香氣，我不知不覺離烤箱越來越近。每次媽媽提醒我要小心的口氣也傳來巧克力般的甜蜜香味。

今天的媽媽如同習習和風，我從來沒見過他這麼溫柔的一面。總之媽媽陪伴在我身邊這件事讓我心神安寧。

我怎麼會這麼幸福呢？十歲生日的慶生會是媽媽送給我最棒的禮物！

巧克力蛋糕大功告成。等待蛋糕冷卻的這段時間，媽媽幫我剪頭髮，又一起洗澡。她跟平常一樣，把我身體每一處都洗得乾乾淨淨。當泡沫包覆我剛剪好的頭髮時，我沉浸在夢境般的幸福中。

「祝你生日快樂，祝你生日快樂，祝你生日快樂兒——祝你生日快樂！」

媽媽蹲在我背後幫我洗頭，一邊開心地唱起歌來。此時我已經完全接受生日這個概念，由衷相信自己從今天開始就滿十歲了。

當我即將陶醉在生日的美好香氣時，媽媽說：

「洗完澡就出門吧！」

出門？

「人家不要！」

我以為自己又得看家了。為什麼這種美好的日子還得跟媽媽分開，孤零零地看家呢？

媽媽立刻發現我誤會了，用溫柔的聲音再問我一次：

「永遠不想跟媽媽一起出門嗎？」

「一起出門嗎？」

我不禁回頭凝視媽媽。

媽媽把我頭上的泡沫全部集中在一起，一邊問我：「對啊！接下來換上洋裝，跟媽媽一起去照相館吧！這是我們倆的紀念日，跟媽媽一起去照相好嗎？」

「出門之前可以先吃巧克力蛋糕嗎？」

我故意提問好掩飾剛剛誤會的尷尬。

媽媽一口答應：「當然可以啊！」接下來又用溫柔的聲音加上一句：「媽媽今天一整天都會陪在你身邊，不會離開的。」

「我最喜歡媽媽了！」

我轉身抱住媽媽，把臉貼在她的胸部上。這種時候我最是安心。

走出浴室，我穿著內衣讓媽媽吹頭髮。她看到我剪短的頭髮，誇了好幾次好可愛。剪頭髮那天，我總覺得頭部特別輕盈。

當頭髮吹乾時，媽媽開口：「澡也洗好了，永遠穿上那件洋裝給媽媽看吧！」

我以為還要很久以後才有機會穿，沒想到居然今天就能穿上！

我有點怯懦的抬頭問媽媽：「可以嗎？」

「當然可以啊！媽媽就是為了今天，走了好幾家店，才找到這件洋裝的。」

媽媽幫我套上洋裝，拉起背後的拉鍊。我想像自己的手臂穿過蓬起的袖子，興奮得幾乎要跳起來。

媽媽在我背上綁上大蝴蝶結，一邊笑著對我說：「永遠乖乖不要動，不然媽媽綁不好背後的蝴蝶結。」我用手指輕輕觸碰胸前的荷葉邊，感覺荷葉邊彷彿會冒出悅耳的音色。我的衣服都是用媽媽的舊衣服改的，只有這件洋裝是特地為我準備的新衣服。

當天媽媽餵我吃巧克力蛋糕，以免弄髒洋裝。由於蘿絲瑪莉是我的朋友，媽媽也切了一片蛋糕，裝在盤子裡端給他。他當然不會碰那塊蛋糕。

「來，張開嘴巴，啊——」

每次媽媽催促我打開嘴巴時，我便得意洋洋地張大嘴巴，讓媽媽把巧克力蛋糕送進嘴裡。雖然讓媽媽餵這種像小朋友的行為叫人害羞，但能向媽媽撒嬌的強烈喜悅令我拋下了羞恥心。

「好好吃喔！」

把心情說出口，連著幾次之後，我開始害怕媽媽根本感覺不到我究竟有多麼喜悅。

濕潤的蛋糕裡藏了好幾顆櫻桃，蛋糕上還加了鮮奶油。

媽媽放進我嘴裡的小湯匙裡總是巧克力蛋糕、櫻桃和鮮奶油並存，搭得剛剛好。

「一次吃太多巧克力會流鼻血喔！」

雖然媽媽這麼說，但一想到這個巧克力蛋糕是媽媽為了慶祝我十歲生日特別烤的，要我吃多少都吃得下。

其實我不但吃掉了自己的份，連媽媽切給蘿絲瑪莉的份都一起吞下肚。這種時候我格外感謝蘿絲瑪莉默默把蛋糕分給我，我覺得我們之間建立起了些許友情。

當我吃掉蘿絲瑪莉的蛋糕時，媽媽對我說：「差不多該準備出門去照相館了。」對了，我接下來要跟媽媽一起出門了，可以跟最喜歡的媽媽一起出門，簡直跟做夢一樣。

原來「心怦怦」是這麼一回事。想到回家之後又能繼續吃巧克力蛋糕，我再度期待得心怦怦。心怦怦的怪獸幾乎要衝破胸口了。

媽媽也認真化起妝來。察覺媽媽準備出門上班時，我總是悲傷難過得不能自已。可是今天我不會難過了，因為我們要一起出門。

媽媽化完妝之後，把我抱到膝蓋上，為我化妝。

「永遠的皮膚好好。」

媽媽在我臉蛋塗上特別的粉末，一邊自言自語：「媽媽一直很想要可愛的女兒，你實現了媽媽的夢想。」

特別的粉末散發媽媽出門工作時的氣味。媽媽還為我抹上一點眼影，最後塗上口紅。

我覺得自己好像變成公主，陶醉在想像自己的模樣當中。化完妝之後，媽媽幫我梳頭，戴上髮箍。

髮箍上裝飾了烏鶇的羽毛。要是我眼睛看得到，站在鏡子前的那一刻恐怕會高興到昏倒吧！不知道該說幸還是不幸，這種時候我只能在腦中想像，無法實現夢想。

「打扮好了。」

媽媽的口氣聽起來很滿意。

「走吧！不趕快出門，照相館就要關門了。」

媽媽說完之後，慌慌張張走向玄關，早我一步要套上鞋子之際發出輕微的慘叫。

「怎麼辦？沒有你的鞋子！」

媽媽的低喃輕得幾乎聽不到。然而沒多久我和媽媽就明白沒有鞋子根本不是問題。

最後是媽媽抱著我出門。我之前不曾長時間出門，別說沒有鞋子了，連鞋子都沒穿過。媽媽寫給歐德先生的購物清單裡，從來不曾出現過我的鞋子。

在媽媽懷裡開心出門的時間只持續到踏出家門沒幾步。外面的世界充斥許多陌生的聲音，遠遠超乎我的想像。

車子的喇叭聲、摩托車的引擎聲、狗叫聲等等全都針對我發出攻擊。我害怕得使盡全力抓住媽媽的胸口，緊緊貼在她的身上。要是我們之間出現任何縫隙，那些可怕的聲音便會鑽進來分開我們母女倆。

其中又以直升機的聲音最為恐怖。我從未聽過如此震耳欲聾的聲響。當直升機飛過上空，媽媽便當場蹲下來保護我，還用手摀住我耳朵，希望多少能降低一點音量。

我靠在媽媽耳邊，不自覺地說出「打仗了」，這或許就是我在故事裡聽到的戰爭，得趕快逃走才行。

「永遠別害怕，這不是打仗，只是直升機很吵而已。」

媽媽抬高音量，卻還是蓋不過直升機的轟隆巨響。等到直升機終於離開，媽媽改成背我去照相館。

媽媽大概是想趕在照相館關門之前抵達，一路逃命似地小跑步。我則是忐忑不安，一心一意祈禱媽媽趕快帶我到安靜的地方。

恐懼從後方追來，鑽進皮膚底層，膨脹隆起，架住我的身體；接著數條聲音形成的鎖鏈綁住我的身體，壓迫得我無法呼吸；當身體發出無聲的求救時，嗚咽聲便從口中流瀉而出。

當媽媽帶我走進照相館時，我已經哭到不能自已。當時我不知道如何用哭泣以外的手段表達自己的情緒。媽媽想盡辦法要讓我坐在椅子上，我卻怎麼樣也不肯離開她的背。正確來說不是我不想離開，而是身體不受指揮，動彈不得。每當媽媽想把我從背上拉下來，我則是更用力的抓住她的脖子。

媽媽氣喘吁吁地對照相館的伯伯說：「麻煩幫我們拍張紀念照。」

對方向媽媽說明照片的大小與費用時，我仍舊緊緊攀住媽媽的上半身，哭叫到聲音嘶啞也不肯停歇。媽媽的胸口是唯一能消弭我心中恐懼的地方。汗水從她的太陽穴和脖子一路流下來。

我再也不要出門了。

家裡才是唯一能讓我安心的場所。

經過這次體驗，我深深明白這點，一心一意期盼能儘快回家。

「永遠別怕，沒事了。」

無論媽媽怎麼安慰我，屢屢溫柔摩娑我的背，那些陌生的聲音不但未曾消失，反而越來越劇烈。難得媽媽帶我來照相館紀念「永遠的愛」誕生，我不但笑不出來，還一路哭泣哀號。最後伯伯連照相館的鐵門都拉下來了。

媽媽不知該如何是好，伯伯也等到精疲力竭，打起呵欠來。等待我停止哭泣的氣氛逐漸減弱，最後煙消雲散。

結果媽媽背對相機，朝放在背景前的長椅坐下。

照相館的伯伯努力揮動鈴鐺和玩具喇叭，想要引起我的注意，卻沒想到這些聲音只是讓我更加恐懼。

「要不要也從背面拍一張呢？」

我記得照相館的伯伯向媽媽提議時，口氣有點不好意思。但是媽媽拒絕了提議，再次抱起哭叫不已的我，快速離開照相館。

我不確定自己是否成功以口頭表達了害怕聲音這件事，不過媽媽回家時換了一條路走——我是從沿路的味道不同發現的。回家的路是位於河邊的步道，有一點河水混濁的氣味，這條路比去照相館的安靜得多，我於是逐漸冷靜下來。

回到家，媽媽直接讓我睡在床上。沒有卸妝，也沒換下洋裝。妝容大概多半早就隨淚水流掉了。我稍微嘗了一下自己的眼淚，比平常多了一絲疏遠生分的味道。

總之我已經累壞了。平常我不怎麼哭泣，今天大哭一場消耗了許多精力。每當回想起那些可怕的聲音，身體便不由自主地顫抖。

當我不斷發抖時，媽媽朗讀《泉水》給我聽。儘管想一路聽到結尾，眼皮卻沒多久便沉重起來。我在沒有睡美人藥幫助之下沉沉睡去，像是腳上綁了石頭的人沉入湖底般陷入深層睡眠。

媽媽的聲音一點也不可怕，但是外頭的聲響真的好可怕啊。

這就是我值得紀念的十歲生日。

隔天早上，烏鶇合唱團在院子裡召開盛大的演唱會，像是遲了一天的祝福。可是媽媽聽到歌聲也沒醒來，隔天，又隔了一天，還是繼續躺在床上。

媽媽一直沒醒來是不是因為她難得帶我出門去拍照，我卻一路大哭大叫，糟蹋了她的一番心意呢？媽媽是不是因此感到厭煩，討厭起我了呢？

想到這些事情，我便悲傷得不能自已。

媽媽要是再也起不來，我該怎麼辦？光是想像這件事，我便害怕得坐立難安。

媽媽搞不好生病了，我或許應該向外求援才是。

這時候正好傳來敲門聲。

咚咚咚。

星期三的歐德先生來了。我慢慢起身，用腳尖分開散落在地板上的各種雜物，悄悄接近後門。

歐德先生應該會救媽媽吧！可是我無法出聲，因為媽媽一直叮嚀我：不管是誰來，就算是歐德先生也不能出聲回應。媽媽出門前總是這樣提醒我，我不能打破媽媽訂的規矩。

我一直站著不動，直到對方的腳步聲遠去，才躡手躡腳地走回媽媽躺的床上，閉上眼睛。

我走進廚房，發現水槽裡堆了該清洗的餐具。桌上還是我們出門前的模樣，媽媽為我做的巧克力蛋糕也沒收起來。

我肚子餓了就抓巧克力蛋糕起來吃。明明知道媽媽可能還要躺上好幾天，應該要分成好幾次慢慢吃，最後卻還是一口氣進到肚子裡。

這段期間我好幾次用掌心確認媽媽還在呼吸，每次感覺到輕微的氣流便放下心來。

我試著收拾亂七八糟的廚房地板；把蘿絲瑪莉放回固定的位置，也就是閣樓；用水清洗堆在水槽裡的餐具和廚具，希望能幫上媽媽一點忙。可是我畢竟眼睛看不見，能做的家事有限。

我把能做的事情都做完之後，爬上閣樓與蘿絲瑪莉一起躺在沙發上仰望天空。打開關閉許久的百葉窗，濕潤甘美的微風輕輕吹撫過我的額頭，吻了我一下。我也回吻了甜蜜的微風。比起和蘿絲瑪莉接吻，親吻微風要來得開心愉快多了。

在星期三的歐德先生來過，以及烏鶇合唱團又通知了三次早晨來臨之後，媽媽終於清醒過來。

「永遠你在哪裡？永遠？永遠？」

那時候我正躺在蘿絲瑪莉身邊，仰望天空。照射在掌心上的強烈光線告訴我今天應該是個好天氣。我差不多也是在那段期間發現陽光其實也有些許氣味。

一聽到媽媽的聲音，我馬上從沙發上跳起來，小心翼翼地走下樓梯，走向媽媽的床。

「媽媽終於醒來了，真是太好了。我好擔心要是媽媽再也醒不過來，我該怎麼辦？」

我話還沒說完，媽媽便開口了：「別擔心，絕對不會發生這種事的。因為媽媽跟小永是用『永遠的愛』繫在一起的啊！」

媽媽又小聲地補了一句：「過來吧！」

媽媽掀起棉被一角，我馬上鑽進去，雙手用力抱住媽媽的胸膛。

「對不起，難得和媽媽出去，我卻一路大哭大叫。」

回想起那天，後悔的淚水便奪眶而出。

「永遠不用在意這種事。能跟永遠一起出門，媽媽覺得好幸福喔！」

「真的嗎？媽媽真的覺得很幸福嗎？媽媽不生我的氣嗎？」

我本來還想問媽媽是不是討厭我了，卻又因為太害怕而問不出口。

媽媽摸著我的頭回答：「媽媽怎麼會生你的氣呢？」

「不過我最喜歡像這樣跟媽媽待在一起。」

比起和媽媽一起出門，我只想跟媽媽獨處。我沒有其他慾望，這就是至高無上的幸福。

發覺這件事或許是這趟出門唯一的收穫——我再也不想跟媽媽一起出門了。

「這裡是永遠跟媽媽的城堡。」

我點頭同意媽媽的發言。

「我要一直待在這個家。」

這是我對媽媽的宣言。

「我會一直一直跟媽媽住在這個家，對吧？」

「當然啦！這裡是你的家，永遠的院子也是你的。」

媽媽說完這句話，口中突然冒出歐德先生的名字。

「得趕快拿進來才行。」

因為在外面放了好幾天，大部分的食材都腐爛了。尤其是奶油，已經融化成一灘水。

「我本來想做瑪德蓮的。」

面對腐爛的食材，媽媽說著說著便潸然淚下。我唯一能做的是用掌心拭去媽媽流到臉頰上的淚水。我偷偷放進口中，她的淚水有點甜卻又有點苦。

「我得工作才行，要跟永遠一起生活就得努力賺錢才行。」

這句話日後成為媽媽的口頭禪。

媽媽之後彷彿工作狂上身，再度頻繁出門工作。穿尿布和吃睡美人藥成為我日常生活的一部分。剛開始我很排斥穿尿布，現在不穿反而不安心；原本只要一顆睡美人藥便能沉沉睡去，現在也越來越難生效。

媽媽出門前會在我嘴裡塞進三到四顆，甚至是五顆藥。我不能再把糖果含在嘴裡等待溶化，連同流出來的蜂蜜把藥吞下肚。取而代之的是媽媽遞給我一杯水。

最傷心的是我的身體慢慢變大，有一天我發現我再也穿不下十歲生日那天媽媽送我的洋裝了。無論我怎麼少吃或是縮起肚子，手臂都穿不過袖子了。

雖然平常的日子並不會穿那件洋裝，然而每當我套上那件洋裝時，想像力能帶領我前往世界各地旅行。最近媽媽越來越忙，幾乎不再念書給我聽。現在唯一能帶領我前往別的世界的就只剩這件洋裝了。這件洋裝是我心目中的魔毯，載著我飛向遙遠的天空。可是現在我再也無法仰賴洋裝施展的魔法了。

變小變小！身體變小！

我每天晚上像是念咒一樣，祈禱身體縮小。早上起床時發現自己身體變小是我最渴望也最卑微的夢想。

當我塞不進洋裝的那一陣子，媽媽有時候會「壞掉」——我不知道除了「壞掉」之外還有什麼字眼能形容那種狀態。

例如媽媽出門工作時，我清洗了堆在水槽裡的餐具，卻沒注意到水大量濺到地板上。結果她回家時，腳尖踩到我洗碗造成的水窪。這種時候我一定會遭殃。

媽媽什麼也不說，只有雙手激動地攻擊我的臉頰或頭部。

「對不起！」

我道歉得越大聲，媽媽的雙手動得越是激烈，我於是跪下蜷縮，改為低聲道歉。不斷道歉，不斷懇求原諒，拚命祈禱狂風暴雨趕快過去，接下來則是完全放空——感覺痛也不要想到「痛」這個具體形容，覺得苦也不要認定是「苦」這種情緒。總而言之就是想辦法當個透明人，消除所有意識。因為我明白這樣做最輕鬆。

畢竟我眼睛看不到，反抗只會讓事情變得更複雜，害得她心情更糟糕。

而且我很清楚，無論如何總會雨過天晴。

當媽媽開始懺悔代表狂風暴雨即將減弱消失。

「對不起，永遠，對不起，媽媽對不起你，原諒媽媽吧！原諒媽媽好不好？媽媽願意為你做任何事。」

媽媽總是哭著說這些話。

「媽媽沒有錯，都是我不好，因為我沒有把灑出來的水擦乾淨，媽媽才會生氣。」

忍到這一步，原本忘記的疼痛突然強調起自己的存在。我一邊用掌心按揉疼痛的地方，另一隻手拭去媽媽臉頰上的淚水。我裙子的口袋裡已經很久沒有燙得平整的乾淨手帕了。

「為什麼你對媽媽這麼好呢？」

媽媽越哭越傷心，把臉埋在我胸口。我繼續跪在地上，身體直立，用自己小小的胸膛撐住媽媽，雙手輕輕抱住她的頭。我們的角色不知從何時開始顛倒。

「永遠——」

「媽媽——」

「媽媽想要當更好的媽媽。」

「媽媽就是最好的媽媽了。」

我本來想加上一句「所以不要哭了」，不過最後還是忍住了。因為我很清楚這種時候絕對不能催促媽媽，唯一能做的是耐心等待，撐到狂風暴雨再也不會回頭爆發的地步。

畢竟大自然的法則就是狂風暴雨之後，一定會雨過天晴。

媽媽發過脾氣之後總會比平常更加溫柔，實現我的願望，念故事給我聽。

我和媽媽躺在同一張床上，無論是睡夢中還是清醒時，都一起在故事的世界裡旅行。除非吃飯或是上廁所這種不得不離開床的時候，否則我必定是全神貫注在耳朵，不對，是用全身感受媽媽念給我聽的故事。這就是我心目中的獎勵。

這種時候我總會忘卻關於狂風暴雨的記憶，沉浸在故事的世界裡。媽媽的聲音是帶領我走向故事的溫柔引導。

翻開書本封面時，媽媽總會對我說「把眼睛閉起來」。

其實我的眼睛早就看不到了。

但是媽媽每次都會對我溫柔低語：「把眼睛閉起來」。

所以我默默閉上心中的眼睛。

如此一來，柔軟的黑暗便會躡手躡腳走來，帶領我前往不同的世界。

狂風暴雨與甜蜜時光。

兩者如同一體兩面，在媽媽與我的生活中反覆交替出現，而我們一直在同一個地方打轉。

可是無論我如何等待，都等不到十一歲生日。或許生日是每十年慶祝一次的節日吧？但是我也沒等到二十歲的生日。

其實我搞不好根本還沒二十歲。畢竟我根本感受不到時間流逝，所以也不知道自己現在究竟幾歲。

時間的輪廓是發生不同於平常的事件時，才會在平常與例外的兩相對比之下浮現。

我的人生極度缺乏標註時間的事件。雖然不到一無所有，卻幾乎沒有能把平坦的時間拉出曲線的例外。

儘管我明白長了一歲或多了兩歲等年齡增長的概念，卻沒辦法把概念套用到自己身上。我的人生只有「我現在生活在這裡」的事實，沒有客觀看待或是證明這項事實的必要。

時間不是流逝的河川，而是渾沌的漩渦。仰躺在來來去去的波浪上，放鬆身體，隨著波浪搖晃。有時波浪會把我打上岸；有時躺在陽光下一整天，等待波浪抱起我推向大海。我一直以為時間之於所有人都是如此。

正確記錄烏鶇合唱團和星期三的歐德先生來訪的時間，或許我便能掌握時間的流逝。可是我完全不認為自己有必要這麼做，也不曾這麼做，因為我的人生沒有任何足以稱為未來或預定的行程。

但我還是不明白，究竟發生了什麼不同於過去的事件呢？又為什麼會變成這個樣子呢？

我想破頭也想不出答案，只有嚴峻的事實聳立在眼前，無法撼動。

「媽媽寶貝的寶貝的寶貝的小永，晚安。」

媽媽一邊說，同時和平常一樣把睡美人藥放進我嘴裡。我現在想不起來具體數量，不過我猜應該是四顆左右。接著她撫摸著我的額頭，把遮住眼睛的瀏海撥到耳後。

閉上眼睛，沉睡之王已經插腰站在旁邊等我。他用力抓住我的手腕，強行帶領我進入夢鄉。

那陣子，沉睡之王還住在我身體裡。他是掌管睡眠的國王，用有些粗暴的口氣命令我。我不記得自己沉睡時究竟做夢了沒。

之後是烏鶇合唱團的歌聲喚醒了我。然而睜開眼睛時家中卻異常安靜。平常一定會聽到些許動靜，現在卻像整個家都被關進密室，聽不到任何聲響。

「媽媽？」

我發出呼喚，卻無人回應。

我稍微放大音量，卻還是無人回應。這是我第一次吃了睡美人藥後醒過來卻沒看到媽媽。

「媽媽──」

「媽媽！媽媽！」

我起身坐在床上，大聲呼喊媽媽。我知道要是大聲喊叫，媽媽又會「壞掉」，對我動粗。可是媽媽不在比起施暴是更為強烈又深不可測的恐懼。

家裡這麼安靜究竟是怎麼一回事？十歲生日那天，我學到震天巨響之於我是一種暴力。那些聲音輕輕鬆鬆便架住我，逼得我無法呼吸。可是徹底的寂靜卻也把我推進不安的深淵。

整個世界好像只剩下我一個人，無依無靠、寂寞不安。對我而言，日常作息的動靜摻雜媽媽的聲音是最為舒適安寧的環境。

我當然不知道自己究竟睡了多久，搞不好是我睡太久，所以媽媽又出門了。要是真的是因為睡過頭而錯過媽媽回家，我一定會恨死沉睡之王。

我下床走向廁所，脫下尿布，又換上新的尿布。以前我除了一個人看家時都是穿內褲，最近因為不常洗衣服，沒有乾淨的內褲可換，於是連平常都改穿尿布了。

如此一來，不管身在何處都能自由排泄，不用特地費心走去廁所。星期三的歐德先生每次都會送尿布來，不用擔心尿布不夠。

最近在這個家連上廁所都是一趟冒險。以前聽媽媽念書時聽過「路上滿是荊棘」這個說法，現在要去一趟廁所也是「路上滿是荊棘」。

從寢室通往廁所必須走下樓梯，樓梯上物品四散。我握住扶手，小心翼翼地避開雜物，用腳尖下樓。然而走下樓梯後才是真正的挑戰——摸不清全貌的巨大塑膠袋擋住去路，無法順利前進。有時袋子還會發出惡臭，甚至傳來可怕的沙沙聲。

廚房也是一片混亂，別說沒地方走路，我連流理台都沒辦法立刻找到。

我已經想不起來最後一次和媽媽一起洗澡，讓媽媽幫我洗頭洗身體是什麼時候的事了。這是因為浴室裡也塞滿了雜物和塑膠袋，不先把這些東西移開就不能洗澡。

我隨意丟棄用過的尿布，走上樓梯前往二樓，再爬上更為陡峭的樓梯，進入閣樓。蘿絲瑪莉跟往常一樣坐在沙發上，用柔軟的胸口接納我。

「蘿絲瑪莉。」

我小聲地呼喚他，開口提問：「媽媽在哪裡呢？」

他還是跟往常一樣三緘其口。我放棄尋求對方回答，用掌心觸碰他微微隆起的胸部。不知為何，這麼做總會讓我靜下心來。

我把他的手拉到自己胸部上，觸摸彼此的胸部。他的手有點冰冷，不過拉進衣服裡直接觸摸胸部，他的手會慢慢暖和起來，變得有些柔軟。這種時候我便能稍微忘卻媽媽離家的現實。

我和蘿絲瑪莉玩了一下，忽地起身打開百葉窗。

我從窗戶探出頭時終於明白剛剛聽到的烏鶇合唱團歌聲不是來通知我早晨來臨，而是告知一天即將結束，也就是現在其實是黃昏時分。臉龐直接接觸外面的空氣便能清楚感受到白天與夜晚的差異。

我把手伸出窗外，發現外面下起濛濛細雨。雨滴小到與其說是雨，不如說是霧。我用力大口呼吸，停住幾秒後再一次吐出所有氣。這麼一來，也許我的氣息便能傳遞到媽媽身邊。

媽媽出門時帶傘了嗎？她可能是忘記帶傘，所以在哪裡躲雨還沒回來而已。

我站在窗邊多次深呼吸，遠方傳來狗兒的嚎叫聲，聲聲聲嘶力竭。我也好想學狗從丹田發聲吶喊，告訴媽媽我在這裡。那隻狗可能也是孤零零地在看家。

我對蘿絲瑪莉說：「真是太好了。」這個世界不是只剩我們兩個人，我為此稍微安心了一點。至少除了我跟蘿絲瑪莉，還有這條狗。雖然我不知道牠的名字和模樣，卻覺得牠是和我們同甘共苦的同志。

飽含溼氣的夜風吹在身上，十分舒爽。我抬頭仰望天空，感受細小的水滴，用天空的淚水清潔我已經好幾天沒洗過的臉。

到了早上，媽媽一定會回來。因為媽媽每次都是早上回來。可能是睡美人藥的藥效減弱，所以我醒來得比平常早。

媽媽回家之後會煎鬆餅給我吃吧？

我要在鬆餅上淋上大量的奶油和楓糖。

吃完之後，媽媽會幫我梳頭。

接下來我們一起洗澡，媽媽會把我全身上下洗得乾乾淨淨。

用吹風機吹乾頭髮之後，媽媽心情好的話會唱歌給我聽，或許還會幫我把頭髮編成整齊的辮子。

然後我們一起躺在床上，由媽媽念故事給我聽。這個家又回到過去平穩安寧的日子。只要媽媽回來，我又能過回以前的日子。

「蘿絲瑪莉，你也是這麼覺得吧？」

我對他如是說，用毛毯蓋住我們。

為了聽清楚烏鶇合唱團的歌聲，我不再關上百葉窗。夜晚的風雖然有些冰涼，只要用力抱緊蘿絲瑪莉的身體，從頭到腳用毛毯包住就不會冷了。

我翹首期盼烏鶇合唱團來到院子裡。

因為我相信烏鶇合唱團一定會把媽媽帶回來。

沒多久飛來了一隻烏鶇，接著又飛來另一隻。兩隻烏鶇在我耳邊開心地唱起歌來，宣告早晨來臨。我豎起耳朵，等待媽媽回家的那一剎那。要是媽媽回來了，我一定會像小狗見到主人一樣衝過去。

一天，二天，三天，四天。

一天又一天，我一心一意等待媽媽打開玄關大門回家的那一瞬間。可是無論烏鶇合唱團展現多麼美妙的歌聲，我都等不到媽媽回來。

媽媽是遇上車禍等意外，結果被救護車送到醫院，或是遭人綁架才回不了家呢？

這些想像令我心煩意亂、坐立難安，想著得趕快去救媽媽，趕快到媽媽身邊。

可是我的腳像是被強力膠黏住一樣，動彈不得。畢竟我跟媽媽約好了，絕對不能離開這棟房子；我也不可能一個人踏進充斥可怕聲音的外面世界。我唯一能做的便是在這裡等待媽媽回來，一心一意地等待。

咚咚咚。

後門傳來星期三的歐德先生敲門的聲音。

他或許知道什麼關於媽媽的情報；要是我告訴他現在的情況，他或許會帶我去找媽媽。

可是我還是鼓不起勇氣開口，只是全身僵硬、無法動彈，屏氣等待對方離開。

過了一會兒，電話響了。我伸手碰觸電話。這是我生平第一次碰觸電話。可是我不知道摸了之後該怎麼辦，只能把手擱在電話上。等到預錄語音和歐德先生的留言結束，電話終於又陷入沉默。

到了晚上，我稍微打開後門，把紙箱和袋子拿進來。既然媽媽不在家，我也只能違背禁令這麼做。

因為我肚子好餓。

飢餓形成膨脹的氣球，在我肚子裡撐到幾乎要破裂。

鎖上後門，摸索紙箱裡的東西，確認每個盒子、袋子或是泡麵袋裡裝的是什麼，從中挑選可以馬上吃下肚的食物。

這個觸感一定是麵包。

我打開塑膠袋，陶醉地咬下一口。果然是甜麵包，裡面包的是甜果醬。

好好吃。

好吃到我眼淚都要流下來了。

我忘我地大嚼特嚼甜麵包，反而刺激胃部渴求更多食物。然而把手邊所有食物一股腦地塞進化為黑洞的胃裡，卻只是更加飢餓，絲毫沒有飽足的感覺。

甜麵包吃完是飯糰，飯糰吃完是巧克力。吃到巧克力時，腦中突然掠過一件事。

媽媽那天幫我剪了指甲。那天指的是媽媽不見的那一天，她在即將出門之際幫我把好久沒修剪的指甲修剪整齊。

兩隻手和兩隻腳，合計二十片指甲。她用指甲刀幫我把每一片指甲剪短。

當我想舔吮卡在指甲縫裡的巧克力時，這件事忽然浮現腦海。

「媽媽——」

幫我剪指甲的媽媽現在在哪裡，又在做什麼呢？

吃完之後，我鑽進棉被。我才不要刷牙，我也沒辦法刷牙。歐德先生送來的生活用品裡，早就不見牙刷和牙膏的蹤影了。不過這些事情現在也已經無所謂了。

棉被裡還有媽媽的味道。這是我第一次跟媽媽分開這麼久。從我出生以來，媽媽就一直陪伴在我身邊。我蜷縮起身子，躲在被子裡。從摻雜自己和媽媽氣味的空氣中，挖掘出媽媽的味道，把每一絲氣味都吸進身體裡。媽媽透過氣味進入我的身體，和我合而為一。

我好想媽媽，好想媽媽，好想現在就見到她，想叫媽媽抱抱我。

就算是在夢裡也好，我好想早點見到媽媽。

烏鶇合唱團今天也來通知早晨來臨。

以前我很期待天亮，簡直是迫不及待，甚至還想加入牠們一起唱。可是現在就算聽到歌聲也起不來了。

我想起以前媽媽念給我聽的故事裡曾經出現一名青年因為戰爭而失去家人與一隻眼睛，又遭到好友背叛，他絕望到成天躺在床上，連戰爭結束都感受不到喜悅。

我也學他成天躺在床上！至少這樣可能比較不會肚子餓。肚子餓的時候動來動去，只會更餓。

歐德先生前一陣子送來的食物已經被我吃得差不多。要是我全部吃光光的話，媽媽就沒有得吃了。所以我留了一根香蕉要給媽媽。

我用力閉上眼睛，呼喚沉睡之王。可是我越是希望他來，他越是不會來，只能悶悶不樂地等待歐德先生到來。星期三是唯一能帶給我希望的日子。我把吃過的食物包裝紙塞進空罐子裡當作是提出要求，希望對方能再送來一樣的東西。

星期三那幾天可以靠食物充飢。可是到了星期一和星期二，我便餓到連頭髮跟指甲都想吞下肚。

偶爾算錯日子，歐德先生會比我預想的早一天來。這種時候我會高興到想要跳起來。反而言之，要是算早了日子就得多等一兩天，痛苦到像是掉進地獄。我甚至曾經為此咀嚼香蕉皮，靠殘餘的香氣忍耐飢餓。

白天與黑夜從我的世界消失，正確說來是我無法分辨了。身體不再對烏鶇合唱團的歌聲產生反應，時鐘上的長針退化到腐朽消失。現在唯一通知我時間流逝的只剩星期三的歐德先生。

但是沒那麼餓的時候，我會走上閣樓打開百葉窗，和蘿絲瑪莉一起躺在沙發上，仰望天空一整天。以前我喜歡閃亮的藍天，現在覺得夜晚的天空比較接近我的心境。

我無法親眼目睹星星。但是在我的想像當中，星星是美麗絕倫的東西。

要是我還能見到媽媽，我想親手收集所有高掛在夜空的星星，串成項鍊，掛在他的脖子上。

星期三的歐德先生送來食物後的第四天，也就是星期天早晨下起雪來。這天連烏鶇合唱團都休息，所以我不確定到底是不是早上。總之我醒來時，已經下雪了。在此之前也遇過幾次下雪天，所以我自認知道什麼是雪。

「永遠，你知道外面下雪了嗎？」

這種時候媽媽的口氣會比平常活潑些。

「雪？」

「對啊，雨在天氣冷的時候會結凍變成雪，雪是白色的喔！」

聽完媽媽解釋，我還是摸不著頭緒。

我知道什麼是雨。下雨時屋頂會發出叮叮咚咚的聲音，熱鬧非凡；空氣也散發出特別的氣味。可是我想像不出雨水結凍變白的模樣。

「媽媽拿雪過來給你看。」

媽媽說完便走出玄關，從院子裡拿來一朵掉落在地的山茶花放在我掌心。

「你感覺到了嗎？花上面積了雪。」

媽媽引導我的手指撫摸堆在花瓣上的雪。

「好冰喔！」

花上面的確有一種冰涼刺骨卻又柔軟的物體，跟水不一樣。我把鼻子湊過去嗅聞，聞到的是泥土味濃縮而成的自然大地香氣。

當我用指尖觸摸時，雪逐漸融化消失，就像是被我摸死的一樣，我覺得很過意不去。當我回過神來時，掌心上只剩下山茶花瓣。

當時的記憶清楚浮現腦海，而我也把手伸向百葉窗，小心掬起積在葉片上的雪，放在掌心上。雪摸起來冰涼卻又溫暖，蓬鬆柔軟一如棉花，軟綿綿的棉花。軟綿綿。

我的想像一口氣從掌心的雪跳到媽媽光滑的大腿內側。

我把臉湊近掌心，向雪打招呼。我的打招呼方式是嗅聞對方的氣味。接著慢慢伸出舌頭，把一小口雪含進嘴裡。

把雪放進口中時，我頓時心花怒放，覺得自己吃下了整片天空；體內在吞下雪的瞬間出現一座冰涼的雪之隧道。雪是天空送給我的珍貴禮物。

心情好久沒有這麼平靜安穩了。積雪磨去所有聲響的銳角再傳進耳裡也安定了我的身心。我開始覺得雪是包覆整個世界的毛毯。

這張毛毯底下有我也有媽媽，我們位於同一張毛毯下方。雖然我看不見，觸摸雪時卻覺得自己好像看得到白色。白色這種顏色閃亮刺眼，發出銳利的高音，裡面充斥了正確答案。

我還是一樣過著飢腸轆轆的日子。

每天餓到前胸貼後背，滿腦子想的都是食物。星期三的歐德先生是我唯一的救星。然而在除了飢渴還是飢渴的日子裡，我竟然交到了新朋友。新朋友指的是院子裡的樹木——它們用香氣這種魔法的語言，開始向我搭話。

有一天打開百葉窗時，一股陌生的香氣伴隨冰冷的空氣掠過鼻尖。這個味道高雅清爽，卻不低調含蓄，像是對我大聲打招呼：我在這裡喔！

我從百葉窗探出頭來，和那棵樹聊了一會兒。這時候我還沒辦法把樹木的聲音順利轉換成人類的語言，不過那棵樹一直拍肩鼓勵我，安慰我不是孤零零的一個人。

謝謝！

我提高心中聲音的音量，向樹木道謝。

不客氣！改天再聊！

以前我勉強稱得上是朋友的只有蘿絲瑪莉，現在卻交到了新朋友。

那棵樹木的香氣聞了叫人神清氣爽，令我回想起媽媽還在家時的和平時光。

一度陷入沉寂的烏鶇合唱團也再度來到院子，展現美妙的歌聲。

原來是春天來了。

院子裡的朋友會隨著季節傳遞接力棒，輪流用香氣與我對話，這成為我生活中最大的慰藉。

精神好時我經常從百葉窗探出頭來，和院子裡的樹木大聊特聊。我不知道原來聊天是件這麼愉快開心的事。我和蘿絲瑪莉就是聊不起來，無論我如何搭話，他從來不曾回應我。

但是院子裡的樹木就不一樣了，這些樹木一定會用香氣回覆我的提問。

和新朋友對話重新喚醒我的生理時鐘。

這是我有生以來第一次親身感受到四季遞嬗。以前我只能掌握季節的片段，時常處於一片茫然之中，根本看不見四季。

仲春時天氣逐漸暖和，香氣益發濃郁。一下子來太多樹木找我聊天，我就算有十個鼻子也不夠用。

除了院子裡的樹木，另一個鼓勵我的是鋼琴的樂聲。

有一天下午我和蘿絲瑪莉一起躺在沙發上。當我嗅聞天空的氣味時，徐徐微風帶來一串悅耳的音色——我一聽就知道那是鋼琴的聲音——因為這是媽媽最喜歡的樂器。烏鶇合唱團雨天不會來到院子呼喚我們起床。這種時候媽媽習慣播放鋼琴的唱片，提醒我早上了。

從此之後，我一邊享受與院子裡的樹木聊天的時光，同時尋找從遠方傳來的琴聲。

琴聲有時平和沉穩，有時慷慨激昂。發現琴聲和與院子裡的樹木交上朋友的時間差不多，所以有時我會以為是這些樹木在彈琴給我聽。陌生的曲子多聽幾次也就熟了，有時甚至覺得連琴聲也是親密的友人。

我不知道媽媽離開這個家已經多久了。但是除了星期三的歐德先生，有一天突然出現了一名陌生的訪客。

一名女子敲了好幾次玄關大門，大聲呼喊。

「有人在嗎？」

我當然沒有出聲回應，卻也嚇得動彈不得，不知所措。要是那名女子破壞玄關大門走進來，我的心臟大概會衝破肋骨跳出來。全身開始因為恐懼而顫抖，在內心呼喚媽媽來救我。

但是過沒多久，對方似乎便離開了。

這下子身體終於恢復正常，我趕緊躡手躡腳地跑回床上，躲進毛毯裡，尋找應該還殘留在毛毯中的媽媽氣味。

這類事情之後又發生了好幾次。

每次我都只能屏息躲藏，耐心等待對方離去。

我好像是從那陣子開始經常做一樣的夢。

夢裡的媽媽總是在追逐我。那個媽媽的脖子以下是媽媽的身體，臉部卻是一片漆黑。無論我逃到哪裡，她總是不斷追來。就算我拚命逃走，最後仍舊會落入對方手中，身體遭到壓制。

「對不起！原諒我！我會乖乖聽話！」

我因為自己的哭叫聲而驚醒，醒來時滿身大汗，連枕頭都濕漉漉的。

「媽媽。」我想忘卻剛剛的夢境，也討厭自己竟然會做這種夢。這個夢老是害我更想媽媽。

此時心頭頓時浮現一個疑問：難道媽媽忘記我了嗎？

怎麼可能！

然而假設有人突然從媽媽的人生抹去我的存在，導致媽媽真的忘了我，她自然不會回到這個家。

每當我氣餒灰心時，我總會放起回憶的唱片。這張唱片記錄的都是媽媽與我共同度過的美好時光。

我穿上媽媽特別為我縫製的禮服，和她一起跳華爾滋；我挨著媽媽，聽她說故事給我聽；星期天早晨，媽媽煎鬆餅給我吃；我和媽媽一起洗澡，她把我全身上下都洗得乾乾淨淨；媽媽在我十歲生日那天送我洋裝，還烤巧克力蛋糕給我吃。

儘管見不到媽媽，四季依舊持續遞嬗。

院子裡的樹木到了冬天便三緘其口，不再散發香氣。冬天是寂靜的季節，連烏鶇合唱團都停止歌唱，持續靜默的日子。

但是院子不會沉默太久。

我學習記憶香氣的強弱，藉此判斷季節。夏天在香氣程度過了頂峰後來臨，院子傳來的不再是香氣，而是蟬鳴。我也發現天氣過於炎熱時連昆蟲都受不了，院子會暫時沉靜一會兒。

等到溽暑告一段落，香氣再度復甦，一路持續到冬天。等到最後一棵樹散發完香氣，便正式進入冬季了。

我的心靈因為四季嬗遞而平靜穩定。

我經常在下雨天幫蘿絲瑪莉梳頭，分成左右兩股，編成辮子。過去媽媽也對我做過一樣的事。我總是一邊回想這件事，一邊對蘿絲瑪莉做出同樣的行為。綁了又解開，解開了又綁，撫摸蘿絲瑪莉的頭髮到自己都厭煩的地步，可是我的頭髮卻沒人幫我綁。

自從媽媽離開之後，我放任頭髮隨意生長，偶爾坐下時還會壓到自己的頭髮，疼痛不已；有時甚至會整把掉落。有心尋找的話，應該找得到剪刀。可是我還在期待媽媽有一天會回來幫我剪頭髮。我對媽媽的思念並未隨著時間流逝而消散，反而更加強烈。

最糟糕的是下過好幾天雨之後放晴的日子，屋子裡四處傳出刺鼻的臭味。有一陣子甚至連我身上都散發出相同的氣味，自己聞了都噁心。身上的異味沒多久便消失，取而代之的是房子越來越臭。身體有一陣子異常發癢、疼痛和腫脹，最後是時間解決了這些不適。大部分的問題只要忍耐一陣子就會習慣成自然。

比起這些煩惱，當前最嚴重的問題是無邊無際的飢餓。星期三的歐德先生是我唯一的救命稻草。日子久了，他送來的食物也越來越少。有一次我挑持續晴朗的時期計算烏鶇合唱團歌唱的次數，這才發現距離上次造訪已經超過一星期了。他明明是「星期三的歐德先生」，卻不知從何時開始不再是星期三來訪。

現在他偶爾才會送來足夠的尿布，我往往得好幾天都穿著同一條尿布。然而這點事情只要我忍得住就行，食物不夠才是真正攸關生死的大問題。

每當他送來食物時，我總是因為餓過頭而三兩下就全部吞下肚，又因為吃得太猛烈而全部吐出來。我會從嘔吐物中挑出還能食用的固體，塞回嘴巴裡。

總之我滿腦子想的都是如何填飽肚子。等到麵包、飯糰、水果和糖果餅乾都吃完，我開始打開袋裝的即食食品。味道什麼的都已經與我無關，我只在乎能吃與否。

我全心全意專注在手邊的食物，狼吞虎嚥地用食物填滿嘴巴。

然而最後連星期三的歐德先生都不再送生活用品來了。繼媽媽之後，又有一個人從我的世界消失。我其實是很久以後才發現這件事，當時我已經因為過度飢餓，在家中四處搜尋是否有食物掉落在地。

這棟房子是垃圾屋。

忘記是從什麼時候開始，我聽到旁人這樣稱呼我與媽媽居住的這棟房子。

剛開始我沒意識到對方說的是自己家，日子久了才慢慢領悟過來。

每天早晨，小學生上學的路隊經過我家門前時，總會有一個孩子跑來門口大喊：「垃圾屋！」也一定會出現一個女孩的聲音催促對方：「這裡臭死了，趕快走啦！」

我以前聽不到路人的聲音，最近不知道是不是聽力增強了，許多聲音紛紛傳入耳中。那些聲音多半是在批評這棟房子，聲音清楚到我彷彿可以看到他們。聽久了，我甚至覺得自己看得見對方的容貌。

有些人則是半夜躡手躡腳前來，把垃圾悄悄丟在這裡。雖然我看不見，不過我推測應該是堆積在門口。這件事情讓我很安心。對，不是不安，而是安心。

我覺得垃圾形成了保護我的城牆，卻曾沒想過垃圾堆積如山不僅阻止外人入侵，卻也阻擋了媽媽和星期三的歐德先生進入家中。

有一天，垃圾堆裡出現一隻活生生的小貓。

那天晚上我躺在沙發上準備入睡，卻聽到院子裡傳來細微的叫聲。那隻生物發出顫抖的聲音喵喵叫——應該是隻小貓吧？位置大概是在百葉窗正下方。

我不知道該怎麼救牠，只好用毛毯蓋住頭，躺在蘿絲瑪莉身邊。那陣子連寢室都充滿垃圾，我開始把閣樓的沙發當作主要的床。

此時蘿絲瑪莉突然開口：「你不救牠嗎？」

蘿絲瑪莉居然說話了！一直沉默不語的朋友居然向我開口了——這是我第一次聽到他的聲音，大吃一驚。

「你剛剛是在跟我說話嗎？」

我戰戰兢兢地回問。蘿絲瑪莉又滔滔不絕地說了起來，彷彿從過去開始便是如此舌粲蓮花。

「對啊！牠知道你在這裡，才會向你求助。明明只有你能救牠，卻無視牠的呼喚。

你自己也知道飢餓是件多麼痛苦的事。」

蘿絲瑪莉的聲音像是有點高傲的大人，說起話來口若懸河。我從未期待他會對我開口，所以實際遇上時與其說是驚喜，更多的是驚訝。

「你說得對。」

現在能拯救小貓的人的確只有我了。

「好，我現在就去把牠帶上來，你在這裡等我。」

我留下這句話，便走下閣樓的樓梯，繞過大量障礙物，走到一樓後門——小貓的叫聲是從這附近發出來的。

我拿下門鍊，緩緩朝左轉動門把。

以前這附近只有紙箱與塞滿尿布的塑膠袋，現在卻躲了一隻生物。我小心翼翼地擴大掌心搜尋的範圍，剛剛傳進耳裡的叫聲卻消失了。可能是被我嚇到才突然安靜下來吧！

我在心裡對小貓喊話：「我不會害你，過來我這裡吧！」

我學動物趴在地上，尋找小貓。走出家門卻不會害怕，一定是因為這裡是永遠的院子。我很清楚院子裡的樹木會守護我，而且好像輕聲告訴我小貓躲在哪裡。

小貓比我想像得要嬌小得多。觸摸到迷你超乎想像的生物，令我淚水不禁奪眶而出。覺得對方「好可愛」的情緒剎那間湧上心頭，彷彿榨果汁時汁液迅速從果實中噴射而出那般。我先用雙手捧住小貓，進門時用肚子和左手支撐小貓，一邊關上後門，掛上門鍊。

小貓小歸小，卻四肢健全、呼吸正常。仔細回想，這是我生平第一次觸摸生物，卻一點也不害怕。對方溫熱的身體與氣息反而令我萬分懷念。小貓比我想像得要溫暖得多，又充滿生命力。

蘿絲瑪莉坐在閣樓裡，等待我帶小貓來。

「我把牠帶過來了。」

聽到我這麼一說，小貓又在我掌心充滿活力地叫了起來。精神奕奕的叫聲發出洪亮的回音，打破寂靜的夜晚。

蘿絲瑪莉吩咐我：「趕快餵牠喝奶吧！」

「我嗎？」

「對啊！這孩子肚子餓了。」

我把小貓放進衣服裡，讓牠的臉湊到我胸前。小貓四處嗅聞，發現我微微突起的乳頭。粗糙的小舌頭舔得我好癢。但是我不確定自己的胸部是否分泌出小貓實際需要的成分。

那天晚上我把小貓塞進衣服裡，抱著牠睡著了。小貓雖然不時翻身，基本上睡相很好，在衣服裡睡得很沉。隔天早上，牠的叫聲喚醒了我。

光喝奶可能不夠營養，隔天我下定決心打開罐頭來瞧瞧。由於罐頭蓋子很難打開，之前星期三的歐德先生送來的罐頭全部放在同一個地方。

我實在無法想像罐頭裡裝的究竟是什麼。用摸的猜不到是什麼罐頭；用聞的基本上也聞不到裡面的味道，只會聞到罐頭材質的氣味。所以我只能賭一把。

我戰戰兢兢地拿起第一個罐頭的蓋子，把手指伸進去，發現裡面的東西觸感柔軟，形狀就像媽媽的嘴唇。放進嘴裡，甘甜的汁液在口中擴散。這是橘子！第一個罐頭是橘子罐頭！

小貓只聞了聞，卻不肯吃吃看。我試著把橘子剝成小塊遞給小貓，牠還是沒興趣。既然如此，只好我吃了。我自己也知道這不過是藉口，其實是我自己非常想把這些橘子吃下肚。我掏出裡面的橘子放進嘴裡，美好的滋味叫人一口接一口。

果肉裡飽含的甘甜汁液從嘴角流到胸口，罐頭裡的果汁當然也喝得一滴不剩。小貓伸出小小的舌頭，舔吮我黏答答的指尖。

下一個罐頭是海底雞。打開蓋子的瞬間，香醇的氣味令我頭暈腦脹。媽媽常常把海底雞放在白飯上，淋上醬油給我吃。剛煮好的白米飯香氣與媽媽的芳香一口氣湧上心頭，我突然胸口一緊。

我拿起海底雞，捏成容易入口的大小遞給小貓，牠一口就吃得一乾二淨。

我對小貓說：「好吃嗎？要好好嘗過再吞下去喔！」又從罐頭裡拿出更大的塊狀物體，放在掌心上，牠馬上一口吞下肚。

我一邊餵小貓，自己也用左手捏起海底雞放進嘴裡。吃起來雖然不如剛剛的橘子罐頭來得感動，至少讓我回想起用餐的樂趣。自從媽媽失去蹤影，我只能獨自吃飯，現在身邊卻有小貓陪伴。

我記住海底雞罐頭的形狀和重量，從此再也不曾弄錯。雖然我也很餓，大部分還是分給小貓，自己只靠殘渣和湯汁勉強墊墊肚子。小貓每天淨吃海底雞罐頭，身上常常散發鮪魚的氣味。

小貓出現與降臨，大幅改變我的生活。我和蘿絲瑪莉扮演起父母的角色，試著養育小貓。

有一天我問蘿絲瑪莉：「這隻小貓是什麼顏色呢？」

「嗯……」蘿絲瑪莉沉思了一會兒。

「應該是灰色吧？」

那是媽媽特地為我準備的洋裝的顏色，用來慶祝我十歲生日。我和媽媽只一起出門過那麼一次。那是多久以前的事了呢？我二十歲了嗎？還是連十一歲的生日都還沒過呢？畢竟沒人告訴我，我根本不知道。

我開始用「小灰」這個名字叫小貓。好幾次都想親眼看看小灰的模樣，可惜這是個不可能實現的夢想。所以我用掌心碰觸小灰，想像牠的外表。無論是凹凸起伏的脊椎、觸感柔軟的兩側腋下、硬繃繃的尾巴、軟蓬蓬的臉頰還是下巴的輪廓，我都用掌心看過了。

小灰躺在我和蘿絲瑪莉中間，一起抬頭仰望天空時，我感到心滿意足，無比幸福。在徐徐涼風吹撫之下，想像白雲飄過蔚藍的天空，我甚至覺得只要這一刻能永遠持續下去，媽媽不回來也無所謂。

可是有一天我突然再也找不到小灰了，就跟媽媽一樣。

沒有任何預兆，也沒有一聲招呼。就像施了魔法一樣，消失得無影無蹤，而且從此以後再也不曾回到我身邊。

一陣慘叫傳進我耳裡。

住手啊！住手啊！好熱，好熱！誰來救救我！

院子裡的樹木大聲吶喊，拚命求援。

我明明聽到大家求助，卻動彈不得。

因為媽媽吩咐過我不准走出這個家，不能讓其他人看見我。

外面的世界很危險，所以我跟媽媽約好了絕對不能走出去。

我唯一能做的是蜷縮起來，動也不動，不讓任何人發現我。

劇烈的聲響逐漸逼近，我則是越縮越小，變得跟睡美人藥一樣小。

以前媽媽出門時，我總會默默幻想自己變得跟媽媽的胸針一樣小，這樣我就能假裝成是媽媽的胸針，形影不離待在她身邊。這就是我的願望。

可是十歲生日之後，我再也不曾跟媽媽出過門了。

我躲進閣樓，屏氣凝神，想盡辦法入睡。只要睡著了再醒來，或許媽媽就會回來了，或許她就會煎鬆餅給我吃。

閉上眼睛，過去媽媽念給我聽的故事全部集結在一起，同時在我耳邊訴說起來。我把注意力集中在區別每個故事，想著想著就在不知不覺中睡去……

火災似乎馬上就熄滅了。要不是還聞得到燒焦的氣味，我根本不會記得這是昨晚發生的事件。

這起小火災應該是發生在小灰離開家，又過了一個季節之後。好像是有人點燃我家前面堆積如山的垃圾縱火。

隔天警察站在垃圾山的另一邊呼喊，我依舊躲進屋子裡，保持沉默。他們沒多久便離開了。可能是因為垃圾太臭，逼得他們不得不趕快離開。臭烘烘的垃圾保護了我。

冬天沒多久便來了。

我明明如此期待冬天到來，那年冬天卻一場雪也沒下。

我是到冬季即將結束才發現院子出現異狀。

永遠的院子變得悄然無聲。過去沉默的冬天即將結束時，院子裡的樹木總會紛紛開始聊天。今年明明已經溫暖起來，卻還是聽不到樹木的談話聲。

為什麼呢？

為什麼不再對我說話了呢？

明明去年你們還說了那麼多話啊！

難道是因為那場小火災傷害了大家的身體嗎？

遠方傳來馬兒嘶鳴，喚醒了我。

不對，這個聲音可能只是聽起來像馬叫——這裡怎麼可能會有馬呢？而且我根本沒聽過真的馬叫。

我已經分不清楚今天是星期幾了。以前還能靠歐德先生來訪確定當天是星期三，隔天是星期四，再一天是星期五。對方來過之後的第四天是星期天，再三天又會來。歐德先生是我時鐘上正確的指針。

無法分辨星期幾之後，我連季節也慢慢分不清楚了。這下子不但眼睛看不見，連鼻子也失靈了。不對，鼻子應該還好好的，因為我還聞得到飄散在這棟房子裡的噁心臭味。

消弭味道的不是我，而是院子裡的花花草草。以前那麼熱鬧喧譁，最近卻不肯散發絲毫香氣，好像已經厭倦我了。

院子裡的樹木也不再理會我。難道連樹木都討厭我了嗎？

我走出閣樓，前往久違的樓下。腳邊散落了許多雜物，所以我小心翼翼地踏出腳步，以免跌下樓梯。

走到二樓，氣味更加強烈了。這也是沒辦法的事。畢竟是我自己把用過的尿布丟在這裡。

撇開這些煩惱，現在更痛苦的是——我好渴。

一想到水，喉嚨就更乾了。乾燥的感覺像是喉嚨裡冒出沙漠，迅速擴散到全身上下，我自己也化身為沙漠的一部分。

我沒去過沙漠，不過聽說缺水到近乎乾涸的狀態叫做「沙漠」。如果這就是沙漠的定義，我的確知道什麼是沙漠。要是不趕緊找到水龍頭，我就要遭到沙漠吞噬了。

我伸出雙手，掌心在櫃子裡四處摸索，心想也許能找到點什麼。

我三兩下便吃掉袋子裡剩下的一點麵粉。

媽媽常常煎鬆餅給我吃。鬆餅那麼芳香美味，麵粉卻一點也不可口。但是有得吃總比沒得吃好。

沙沙的顆粒是砂糖嗎？我既期待又害怕地用指尖沾黏顆粒，含進嘴裡。可惜這個顆粒一點味道也沒有。

我又打開其他櫃子，仔細搜尋。只要是能吃下肚的，什麼都好，真的是什麼都好。我在黑暗中拚命尋找食物。

指尖觸摸到某種乾燥的物體。我用掌心摸索整體的模樣，發現是個綁成圓圈的東西，中間是一個洞。

湊近嗅聞的瞬間，我想起來了：那天媽媽很興奮，半夜走進院子裡摘花，為我編花冠。

可是我現在需要的不是乾燥的花冠，而是食物與飲水。

我儘力把乾燥的花冠丟得遠遠的，好埋葬一切回憶。接著又繼續尋找食物。

這次指尖摸到的是一條細長的繩子。我把繩子拉過來，光滑的繩子便從指縫間溜過。

「永遠，生日快樂！」

耳邊傳來媽媽雀躍的聲音。

她對我說：「打開來看看。」

我緩緩解開黃色的緞帶，我好喜歡的黃色緞帶。可是我現在對黃色一點感覺也沒有，這個顏色對我而言過於耀眼。盒子裡面裝的是洋裝。

媽媽來到我的身邊，撫摸我的頭髮。

我腦中突然浮現脖子纏上緞帶，吊在天花板上的影像。故事不僅是陪伴我的夥伴，也教過我如何自行終結生命。

但是我做不到，首先這條緞帶恐怕撐不住我整個人。

我餓到無法動彈，倒在地上。令人難過的是我現在住在垃圾屋裡，是垃圾屋的一部分。想到這裡，我就覺得儘管自己還活著，卻已經從四肢開始腐爛了，腐爛的範圍將會日漸擴大，最後遍及全身。儘管如此，我還是不願意承認媽媽拋棄了我，相信她總有一天會回來找我。因為她是我媽媽啊！我們之間是用「永遠的愛」緊緊繫在一起。

飢餓導致我意識矇矓，整個人幾乎要爆炸。可是我很清楚見到媽媽之前我不能死，我不想死。

所以我為了生存下去，起身再度尋找飲水與食物。

我在心裡念起過去媽媽念給我的故事給自己聽，好藉此忘記空腹的痛苦。故事是與我併肩作戰的夥伴，為我打氣、叫我振作。

我趴在地上，換個地方繼續尋找。把身子鑽進塑膠袋與塑膠袋之間，希望能找到任何食物。只要是吃的，我都可以接受。所以神啊！求求你！賜給我食物與飲水吧！我開始向神明祈禱，除了祈禱也沒有別的辦法可想了。

我在陽光下閉上眼睛，感覺身體逐漸沉重。

我已經很久沒睡覺了。就算我想睡，飢餓與口渴佔據了我的腦海，總叫我清醒得睡不著。

儘管如此，溫暖的陽光還是化為搖籃曲，撫慰我的身心。
我在搖籃曲的歌聲中陷入沉睡，遠方傳來鋼琴聲。

我好餓。
我好餓。
我好餓。
我好餓。
我好餓。

我用掌心摸索地板，尋找食物。我已經好幾天沒吃到東西了，水則是靠著下雨才喝到了一些。

星期三的歐德先生怎麼了呢？他明明應該每個星期送一次食物跟生活用品來我家才是啊！

我繼續趴在地上尋找食物，餓到瀕臨極限。

接著開始地毯式搜索整棟房子，推開散落在地上的塑膠袋、空罐頭和用過的衛生紙等垃圾，從中尋找食物的蹤跡。摸到寶特瓶時一定會打開來，用嘴巴確認是否還有殘餘的液體。

找著找著，左手指尖碰到小小的圓球。不到軟綿綿的地步，不過還有些彈性。

這是軟糖嗎？硬糖嗎？還是口香糖呢？

我輕輕拿起那個圓球，湊到鼻尖聞一聞，傳來淡淡的柑橘香氣。

這果然是食物！我總算、總算、總算找到食物了！

我拍掉圓球上的灰塵，放進嘴裡。

可是無論我怎麼等待，圓球還是維持原狀。既不像軟糖會變軟，也不像硬糖會融化，更不像口香糖能變成各種形狀。我用舌頭轉動圓球，依舊沒有半點反應。

儘管如此，我仍舊耐心等待，就像我等待媽媽回來一樣。我已經習慣等待，只要繼續等下去，媽媽跟這個圓球一定都會回應我。

等到我嘴巴裡都是口水，我才發覺也許這種食物要咀嚼了才會有反應。

我用舌頭把圓球推到口腔後方，用臼齒咀嚼磨碎，咀嚼到再也沒辦法變得更小時，一口嚥下。

今天早上烏鶇合唱團又來到院子，展現悅耳的合唱。

我在棉被裡聆聽大家的合唱，莫名感到心滿意足。

這一定是因為冬天即將離開，牠們才會高聲歌唱，通知大家春天近在眼前了。

豎起耳朵仔細聆聽，我慢慢發現烏鶇的歌聲並不天天相同。有時聽起來像是仰望晴空，打從心底謳歌人生；有時聽起來像是例行公事，只是習慣性發出聲音。

有時也會出現想出鋒頭的烏鶇，不獨秀一段不甘心。其他成員不高興有人打亂眾人維護的和諧，合唱聲中隱含不滿的情緒。

自從我發現聲音也有各種顏色——不僅是在夢裡，連清醒時也能感覺到——所以我的世界比大家想像得色彩繽紛、熱鬧喧譁，而不僅是一片漆黑。

烏鶇合唱團的成員今天又再次造訪院子，展現美妙的歌聲。聽到牠們的合唱，眼前逐漸出現美麗的風景，閃亮的光芒包圍著我。

但是烏鶇總是很忙碌，從不曾長期駐足停留。才剛發現牠們來到院子，卻又旋即轉身離去。我相信牠們一定是隨著黎明移動，繞著地球轉圈圈。

我會這麼想都是因為媽媽教過我喔！她說地球是圓的。

我慢慢分不清白天與黑夜，也不知道現在是春天還是秋天。

春夏秋冬，所謂的四季，究竟循環幾次了呢？我現在究竟位於哪個季節呢？又在家中的哪裡呢？

我不知道，我不曉得。

為什麼媽媽要丟下我一個人走掉呢？

我哪裡做錯了嗎？

我不明白。

要是能回到過去，我想回到十歲生日那一天。

我只想跟媽媽兩個人待在這個家過完那一天就好。

當我沉浸在幻想時，「咚」一聲傳來地板垮掉的感覺，嚇到我意識瞬間回到現實。我剛開始沒發現，是把耳朵貼在地板上才注意到有個聽起來像是噠噠或是嘎嘎的低沉聲音從遠方一路接近。接著立刻傳來有人用力跺腳的聲音——正確說來是震動。震動的下一步是地面劇烈傾斜。

激烈與輕柔的搖晃交替襲來。

地板不斷搖晃，像是有人在搖動整棟房子。

東西從架子上掉下來，發出轟然聲響。

我蹲在地板上，用雙手保護頭部。

媽媽呢？媽媽在哪裡？

地板還在搖晃，整棟房子發出嘎嘎的慘叫聲。

房子再搖下去可能會倒塌。搖晃越來越激烈，現在不光是東西從櫃子上掉下來，而是連櫃子都倒了。

這場搖晃彷彿地球不知道該如何處理原本隱藏在心中的怒氣，結果怒不可遏地爆發出來。我覺得好像搖了一輩子，實際上又是多久呢？

在這段期間，我把自己蜷縮起來，化為一顆蛋，用雙手雙腳保護自己，默默忍耐。心臟因為恐懼而發出哀號。

其實地板可能已經停止晃動，傳進體內的震動卻還不斷搖晃我的身體。五臟六腑不斷微微顫抖，令我噁心想吐。我好想把闖進皮膚深處，找不到出口的震動從嘴巴吐出去。

然而實際上我不可能把震動排出體外。我搖搖晃晃起身，爬上通往閣樓的樓梯尋找蘿絲瑪莉。此時地面再度搖晃，房子發出令人毛骨悚然的聲音，好像在抱怨自己全身疼痛。

我一路跌跌撞撞，終於找到蘿絲瑪莉，用自己的身體蓋住他。我們緊緊挨著彼此，手腳交纏，我想這麼做或許能稍微減輕恐懼。不知從何時開始，我和蘿絲瑪莉建立起信賴關係，成為知心好友。

「不用怕，別擔心。」

我不知道這句話究竟是在激勵自己還是在安慰對方。無論如何，我們都休戚與共。之後一整天持續了好幾次小幅度的搖晃。我打開百葉窗，反覆深呼吸。空氣沁涼，卻不再冰冷刺骨。

院子裡的樹木還是一貫保持沉默，豎起耳朵也聽不見鋼琴聲。

周遭瞬間陷入萬籟俱寂。

我聽不見聲音，也聞不到味道，覺得自己陷入一片黑暗。眼睛看不見的人說出這種話好像很可笑。可是現在我連心之眼都被蒙上一層黑布，再也看不到原本浮現於腦海中的景象。

這是我生平第一次覺得自己陷入無邊無際的黑暗，這下子終於明白，此刻真的是自己孤零零一個人了。

然而街頭只沉靜了一會兒，沒多久便慢慢傳來警報聲。我清楚感受到氣氛為之一變。

可能是因為後來又斷斷續續搖晃了好幾次，我的胃徹底忘記肚子餓這件事——這實在是太好了。那天晚上，我開窗過了一夜。

可是第二天早上，我卻沒聽見烏鶇歌唱。

第三天早上，第四天早上，仍舊沒傳來烏鶇合唱團的歌聲。我再也迎不來早晨。從地面劇烈搖晃的那天開始，我的時間一直停留在黑夜——深不見底、沒有盡頭的黑夜。之後我該怎麼活下去呢？烏鶇不再歌唱，院子裡的朋友也沉默不語。媽媽也不會回到這個家了吧！

那場搖晃讓我領悟到我再也不能逃避的事實——媽媽不會回來了。

如果我們之間真的是用「永遠的愛」緊緊繫在一起，發生這麼嚴重的事，她應該要來找我才是。她應該無論如何都應該飛奔回來，用力擁抱我才是。

可是她沒有來。

我決定要離開媽媽。

我要忘記媽媽。

我要當作沒有媽媽這個人。

我要忘記媽媽，就像媽媽也忘了我一樣。這麼一來就扯平了。

當然忘記媽媽不是件簡單的事。因為媽媽住在我心裡，化為身體的一部分。

但是我必須忘記媽媽，我必須把心裡的媽媽趕出去。

這是活下去的唯一辦法。

從這天起，我把「媽媽」鎖進記憶深處。

靜謐的街道再度傳來聲響，我聽到的第一個聲音是鋼琴聲。

消失了一陣子的琴聲終於再度傳進耳中。

我和蘿絲瑪莉並排躺在沙發上，豎起耳朵，聆聽穿過百葉窗而來的微微琴聲。這種時候我覺得自己好像之前故事裡出現的少年一樣，坐在鋼琴前面，伸出手指敲擊鍵盤。

我明明把關於媽媽的回憶丟到天邊，鋼琴聲三兩下又把這一切帶回身邊。這種時候我總會拿起裝滿「媽媽」的瓶子朝百葉窗外的遙遠天空丟去。儘管「媽媽」一次又一次回到我身邊，我還是不曾氣餒放棄。因為我已經下定決心要忘記媽媽了——媽媽決定忘記我時，一定也很痛苦。

我已經不會肚子餓了。

讓我肚子餓的或許是媽媽。

我肚子餓或許不是因為缺乏食物，而是，渴望媽媽的愛。

原來不再思念媽媽，肚子就不會餓了。要是我早點知道這件事，就不用忍耐那種連頭髮跟指甲都想吃下去的飢餓感覺了。當然這一切都是馬後炮。

那天早上睜開眼睛時，我發現空氣變得好輕盈。自從那天以來，我不再關上百葉窗。今天發生了一件明顯不同於昨天的事，不過剛醒來時我還沒意識到——

烏鶇合唱團又回到我的院子了！

剛開始只有一隻，接著是兩、三隻，形成響亮的合唱。

牠們跟我一樣被那場搖晃嚇壞，才會一時之間唱不出歌來，可是現在牠們來告訴我已經不用怕了。

合唱團的美麗歌聲宣告新的一天來臨。

烏鶇向我吟唱：

不用怕。

你可以安心走過來。

和我們一起歌唱吧！

我拿出自己一直很珍愛的梳子，梳理頭髮。頭髮已經長及膝蓋，我根本無法想像現在的自己究竟是什麼模樣。

我梳好自己的頭，又幫蘿絲瑪莉梳整頭髮。光滑的髮絲摸了就令人心平氣和。我的頭髮總是長個不停，但他的頭髮卻總能維持相同長度。

我和平常一樣把頭髮分成左右兩股，編起兩條辮子。

我起身朝百葉窗伸出手，和空氣握手，接著擁抱蘿絲瑪莉。

快樂的時候也好，痛苦的時候也罷，蘿絲瑪莉總是陪伴在我身邊。他既是我初吻的對象，也和我一起照顧小貓小灰。

我懷抱感激之情，用力擁抱他柔軟的身體，在他臉頰上留下道別之吻。

走下陡峭的樓梯離開閣樓，通過二樓的寢室前往一樓。

對了，我沒有鞋子可穿，我這輩子還沒穿過鞋子走路。所以我光著腳站在後門前，拿下門鍊，緩緩朝左轉動門把，打開門。

不用怕，接下來一定不會有事的。

我撥開垃圾形成的要塞，走出院子。

一步。

二步。

三步。

四步。

這是我第一次走在室外的地面上。地面刺激得我腳底發癢，走得搖搖晃晃，無法保持平衡。不過我還是儘力直立，踏出腳步，持續前進。腳底走沒幾步就變冷了。

我覺得自己是在神明引導之下前進，清楚感覺到神明牽著我的手。

五步。

六步。

七步。

八步。

我靠著自己的雙腳，一步又一步，緩緩前進。

等我回過神來時，已經站在窗外了。
第二人生也在此時拉開序幕。

當我跌倒在地，動彈不得時，一名四十多歲的女性對我伸出援手：

「你還好嗎？」

我隱隱約約記得對方的聲音很溫柔親切，接下來的記憶就模模糊糊了。

我不知道原來自己的腳底沒有足弓。因為我長期以來大門不出，二門不邁，從未運動刺激腳底肌肉發展。儘管在家裡能勉強走上幾步，卻無法在室外長時間移動。不僅如此，我也沒有穿鞋子的習慣。這就是我的現實情況。

當時我全身上下只套了件皺巴巴的衣服和好幾層用過的尿布；頭髮和指甲都肆意生長，未曾修剪。可是我當時沒有別的選擇，也不知道自己這副模樣是多麼異常。畢竟我的人生，一直以來都只有我、媽媽和星期三的歐德先生。

那名女子當場叫來救護車。相信她也是好不容易才鼓起勇氣，對我這樣的可疑人物搭話吧！

獲救時發現我極度營養不良，胃裡只剩下一丁點橡皮擦碎屑。我當初誤以為是軟糖還是糖果的食物，原來是橡皮擦。那或許是當年媽媽教我念書時，買給我的香香橡皮擦。

我不知道自己在家裡待了多久，總之行政機關先緊急送我住院，等到健康狀況恢復到一定程度，再把我轉介到兒童之家。

據說當初無論怎麼問我，我總是不發一語。我無法明確回想起剛獲救時的記憶。

「你叫什麼名字？」「你幾歲？」「你媽媽呢？」

面對這些問題，我毫無反應。

大家一開始都以為我是小學高年級左右的孩子。畢竟我的身高、體重都遠遠低於一般成年女性，自然造成眾人誤會。由於我從未回答過任何問題，大家甚至懷疑我聽不見。唯一能迅速引起我反應的只有食物。

我鼻子一動就明白那是食物的氣味。給我多少，我就會吃掉多少，跟飢腸轆轆的野生動物沒兩樣。

我也不肯讓人剪指甲。首先是我從未和媽媽以外的人相處過，不知該如何面對兒童之家的眾多生面孔，再者大量的陌生聲響更是令我幾乎崩潰。兒童之家雖然已經安排比較安靜的房間給我，我還是片刻無法放鬆，覺得自己被丟進不同次元的世界。兒童之家的氣味與家中截然不同也讓我神經緊繃，感覺自己來到了別的星球。

結果我成天躲在房間角落，鎮日咬著指甲發呆。這應該是因為我只會做這件事。

「我可以幫你剪指甲嗎？」

直到在兒童之家待上一個月之後，我才肯乖乖伸出手。可是當對方一開始剪我的手指甲，我便回想起媽媽拋棄我的過程，以為剪了指甲又會落得一個人孤孤單單——我隱約記得自己當時因此非常激動。

每當我激動起來時，總有一名女性會不發一語地用力擁抱我，摩娑我的背。她無時無刻不陪在我身邊，連晚上睡覺也睡在我隔壁。雖然我們之間只是這樣的關係，我還是逐漸對這個人打開心房。

剪完指甲後，我讓外人碰觸的下一個地方是頭髮。

頭髮剪到約莫肩胛骨處一半的長度後，這個人每天早上都會用梳子幫我梳頭。這是我生平第一次遇上媽媽以外的人碰觸我的頭髮，所以這段時間我總是害怕到全身緊繃，一心一意忍耐到結束。

有一天早上，對方幫我把頭髮分成左右兩股，綁成辮子，最後尾端用緞帶裝飾。

「綁好了！」

我還記得自己聽到這句話時摸了摸頭髮，發現原來是辮子時不禁露出笑容。

「你叫什麼名字？」

等我回過神來時，已經回答了對方的問題。

「我叫永遠，永永遠遠的那個永遠。」

背後似乎吹來一陣徐風為我打氣。這是我進入兒童之家以來，第一次開口說話。聽到自己的聲音，我也覺得很新鮮。

「所以，你叫小永囉！」

她慢慢在口中反芻後說出這句話。

「我是美鈴，我們交個朋友吧！」

從此之後，她就是小鈴，不再是「這個人」了。

因為是跟小鈴在一起，我開始習慣洗澡。以前都是媽媽幫我從頭洗到腳，所以我連怎麼自己洗澡也不會。小鈴教我怎麼用海綿沾肥皂洗身體，教我洗頭時要用多少洗髮精、洗頭時的訣竅及注意事項。她甚至告訴我女性身上有很重要的部位，必須時時保持清潔。

我當前必須立即克服的課題是學會自己上廁所。不知從何時開始，我把包尿布視為理所當然，忘記想要排泄時必須去廁所。獲救時身上也套了好幾層尿布。然而長期包尿布導致我的私處紅腫發癢——我想當初私處應該散發十分可怕的氣味。

我也不知道如廁後該怎麼處理善後，連該用衛生紙清潔都想不起來，害得大家老是要幫我清理內褲。但是小鈴教我該如何清潔和清潔哪裡，她是我日常生活的小老師。

日子久了，我的身體開始散發出和過往不同的氣味，也就是肥皂和洗髮精的香氣。這件事情讓我覺得自己重獲新生。如同蟬羽化時褪下原先的外殼，我也為了擺脫過去的自己而掙扎。

除了學會自行上廁所，我還得解決另一個嚴重的問題——看牙醫。其實應該要更早治療口腔問題，只是我還沒進步到能去看牙醫的地步。

我仍舊會因為離開熟悉的空間而陷入恐慌，去看牙那天還特地加重藥量。移動時必須乘坐輪椅則是因為腳底尚未長出足弓。

兒童之家的職員體恤我看不見，陪伴我去診所的路上一直向我說明當下的情況。

「我們現在是在兒童之家的走廊。」「我們走出來了。」「接下來要上車了。」「我們到牙醫診所門口了。」「這裡是診所櫃台。」「馬上要開始治療了。」

我在腦中把職員的聲音轉換成小鈴——正確來說是全部聽成小鈴的聲音——這或許

是大腦為了讓我冷靜下來的機制。

我從輪椅移動到治療椅上時，陌生的氣味從四面八方襲來，我嚇到無法好好張開嘴巴。以為自己已經完全打開，其實才張開一半不到。

牙醫是男性，口氣很溫柔，下手治療時卻毫不遲疑。

我因為過於恐懼，身體緊繃到像是硬邦邦的水泥；微微顫抖的雙手一路用力握拳，最後甚至還失禁了。我今天特意穿上尿布，看來是正確的決定。

「小永別害怕，馬上就好了。」

站在身邊的職員溫柔握住我無法張開的雙手，我才得以勉強撐下去。其實我差點因為奇異刺鼻的氣味與陌生的聲音發狂，搞不好治療過程中早就意識矇矓了。

「小永，醫生說今天就先治療到這裡。」

聽到這句話時，我一時之間不知自己身處何處。嘴巴裡有一股奇妙的味道，又苦又辣。醫生叫我漱口，我也沒辦法閉緊嘴巴，把圍兜都弄濕了。

「麻醉藥效退完之前都會覺得嘴巴怪怪的，不過馬上就會好了。」

我連牙醫的叮嚀都左耳進右耳出。

治療完畢，我又坐上輪椅回到兒童之家。我想趕快換掉尿布，濕漉漉的感覺很不舒服。

當初由兒童之家收容我是因為不清楚我的實際年齡，只能用體型判斷。我儘管身為事件主角，卻從沒想過自己會受到社會大眾與媒體的矚目。

我是在兒童之家偶然聽到電視節目正在報導自己——當然我不是一開始就明白對方在報導我，而是聽著聽著發現可能是在講我。

我是媽媽偷偷生下的孩子，出生後也沒幫我報戶口，因此我跟外界沒有任何接觸，從一開始就是無人知曉的透明人。

明明電視節目報導裡說的是我的事，聽起來卻像在介紹陌生人的故事。

據說媽媽看到報導之後向警方自首。她告訴警方：「其實我本來想生了就馬上動手。可是這孩子實在太可愛了，我想改天再動手。結果養著養著就培養出感情，最後決定繼續養下去。」

在我出生之前，媽媽其實生過兩個孩子，還親手結束他們的生命。因此媽媽遭到逮捕不是因為有虐待我之嫌，而是對之前兩個孩子的違背義務遺棄嫌疑。

警方依照媽媽的口供，在家裡的地下室發現兩具遺體。

屍體裝進塑膠袋又放進衣物箱裡，都已經化為白骨了。這兩具遺體的性別都是男性，也就是我其實有過兩個哥哥。

看到這裡，我想起媽媽曾經對我說過好幾次：「媽媽啊，想要有個可愛的女兒。」

我聽的當下沒有多想，現在才知道原來這句話背後隱藏了這麼多涵義。如果我是男孩子，現在或許跟兩個哥哥一起躺在地下室吧！

然而不知該說是幸還是不幸，我是女孩子，也是媽媽第一個取了名字的孩子，之前兩個哥哥連名字都沒有。

然而真正震驚世人的是媽媽接下來的供述：「是我害女兒看不見的。」

至於理由更是驚悚，「我不想讓女兒看見我的臉。」

社會大眾義憤填膺，這世上居然有如此自私的母親。我於是成為可憐的盲眼少女，由瘋狂冷漠的母親撫養長大。這種成長故事簡直就是現代版的格林童話，引來眾人議論紛紛。

雖然我沒有看得見的記憶，不過如果媽媽說的都是真的，我不是打從一出生就看不見，而是出生後某一天才失去視力。據說媽媽是把藥物或酒精滴進我的眼睛裡。

由於媽媽出面自首，透過口供推測出我大概的年齡。但是我和前面兩個哥哥一樣，都是媽媽在自家廁所生下的孩子，唯一能說明懷孕生子情況的只有媽媽一個人。

我於是在出生後二十多年才終於知道自己真正的生日，也報了戶口。

確定生日的最大關鍵在我記得的「十歲生日」那天發生的事，而那天幫我和媽媽拍照的照相館伯伯也記得我們母女倆。他把每一位客人造訪的日期和拍照時的細節都詳細記錄在筆記本上，因此留下了正確的日期。

從那天回推十年就是我的出生年月日。

如此一來，大家發現原來我獲救時已經二十五歲了，根本不是小孩子。媒體大肆報導我被關在自家二十五年。別說是十一歲的生日了，連二十歲的生日都早就過去了。

這二十五年來，我一個人留在家裡的時間約莫是五年。然而媽媽自己也記不清楚是什麼時候拋下我的，所以也不能確定是否真為五年。這段期間我和外界唯一的接點是地震——光是回想起那場地震便覺得五臟六腑又遭到晃動，噁心想吐。

兒童之家所在地的市長為我取了新名字。新名字保留原本的發音，只是換成不同的漢字。市長在更動漢字之前，徵詢過我的意見。聽說這是很稀奇的事，畢竟平常收容保護的都是小嬰兒，沒辦法詢問還在喝奶的小寶寶對名字有何想法。

我想對方也是考量我的心情，所以沿用原本的發音。畢竟我認定「永遠（TOWA）」是自己的名字，沒把握能習慣完全不同的新名字，然而我也必須和過去的自己告別，邁向嶄新人生。

小鈴告訴我新名字是「十和子（TOWAKO）」時，口氣顯得很興奮。

「這個名字好美，好適合你！十代表很多，和是和諧、和平的和。最近大家不太用『子』這個字給女孩子取名字，反而新鮮。」

「妳把名字寫在這裡。」我伸出隨時能化為筆記本的左手掌心。小鈴一筆一劃慢慢寫，好讓我感覺她的動作。「和」這個字比較複雜，「十」和「子」倒是一下子就能記起來了。

「嗯，真是個好名字！」小鈴的口氣聽起來像是接受了我的新名字。

從這天起，我就是「田中十和子」了。

日本有許多菜市場姓，例如佐藤、鈴木、高橋、渡邊和伊藤等等。為我取名「田中」應該是考量我有視覺障礙，特意選擇筆劃少、全都是直線又好寫的姓氏。戶籍地是當初收容我的兒童之家所在地，父母欄則是空白。媽媽因為虐待我而失去親權，而她也無法確定我的父親是誰。

歐德先生知道這一連串的事件之後寫信給我，告訴我原來他是媽媽的父親，也就是外公的好友，兩人交情深厚。外公入贅外婆家後一直和外婆感情不睦，媽媽是外公唯一的安慰，所以他很溺愛媽媽。

外公喜歡文學，有時會投稿小說或詩作到同人誌，據說還常常念書給媽媽聽。媽媽念給我聽的詩《泉水》也是外公送給媽媽的禮物。然而外公體弱多病，某一天突然撒手人寰。

外公留了一封遺書給好友歐德先生，把女兒託付給他。歐德先生是外公保險的受益人，於是用這筆錢購買媽媽和我需要的生活用品，每個星期三送到我們家。媽媽念給我的書幾乎也都是外公的藏書，由他代為挑選。或許外公當年也為媽媽念過同一本書。

歐德先生還透過信告訴我另一件事：

媽媽臉上有一塊很大的胎記，因此受到外婆虐待。外婆幾乎天天都對媽媽施以言語暴力，例如「妳這孩子一點也不可愛、真是丟臉、帶不出去」等等。

外婆家境富裕，在當地也是有頭有臉的人物。然而在媽媽滿二十歲時，外婆卻突然塞給她一本存摺就把她趕出去了。我和媽媽住的房子是外婆名下的其中一棟房產。儘管如此，外婆留給媽媽的錢不夠我們母女倆生活，所以媽媽只好靠賣春維持生計。當年天真的我以為媽媽只是去「工作」，傻呼呼地吃著鬆餅。

確定實際年齡之後，兒童之家不能再收留我。儘管如此，兒童之家在我獲救後還是收留了我一年，讓我有所歸屬。這一切都是周遭眾人的好意。

我在兒童之家時被迫鍛鍊腳底肌肉，每天必須接受兩次訓練。如同字面上的意思，我想靠自己的雙腳行動，便得鍛鍊出腳底的足弓，這是達成自立生活不可或缺的要素。

我是來到兒童之家才知道沒有足弓的腳叫做「扁平足」。其實有太多辭彙都是在我獲救之後才學到的，其中又以「扁平足」一詞對我來說格外重要。我必須早日盡快解決扁平足的問題才行。

兒童之家收容我一年多之後，口腔治療終於大功告成。每次回診都得忍受磨牙的機器發出可怕聲響或是醫生在我牙齒裡塞苦澀的藥物，根本是痛苦的修行。然而後期開始挑戰不穿尿布去看診，建立起我的自尊心。

我開始學會自己洗澡和洗頭，上完廁所也會使用衛生紙清潔，不再需要小鈴幫忙。另外還養成飯後刷牙的習慣。

儘管如此，我還是沒能學會控制暴飲暴食，無論吃多少都不覺得飽足，還會貪嘴偷吃。至於兒童之家提供的餐點，我總是狼吞虎嚥，從未細嚼慢嚥。

我仍舊會因為劇烈的聲響驚恐不已，還會把鉛筆這些不是食物的東西放進嘴裡咬。我是在進入兒童之家好一陣子之後才終於想起鉛筆是文具，不是食物。現在回想起來，當年我常常靠咬鉛筆以忍耐飢餓。

因此我必須練習習慣龐大的聲響與陌生的聲音。訓練的第一步是在房間裡聆聽錄了這些聲音的ＣＤ，讓身體慢慢習慣。

對我而言，每一種訓練都稱不上愉快。可是嚴格的訓練結束後，一定能獲得充分的獎勵。這些獎勵吸引我忍受討厭的聲音。

最棒的獎勵當然是書。

能夠再次聽到故事令我高興得幾乎要跳起來。這種感覺就像走在路上遇到兒時要好的玩伴，用力把對方抱進懷裡。我原本以為故事只會從媽媽的嘴裡冒出來。

一開始是靠小鈴和其他義工讀書給我聽，大家知道我喜歡閱讀之後就為我準備有聲書，方便我一個人聽書。可惜兒童之家的有聲書有限，我一下子就聽完了，而且這些書都是童書，對我來說有點無聊。

如同卡通中主角變身時會伸出手指朝天畫圈，我的人生也產生變化。儘管速度緩慢，生活還是一步步回到正軌。

我經常在半夜大喊大叫「好臭！好臭！有噁心的味道！」給身邊的人添麻煩。儘管身體表面散發肥皂或是洗髮精的香味，那股惡臭還是盤踞在體內，有時我甚至以為自己就是惡臭的根源。

「小十別擔心，你一點也不臭，而且還很香喔！」

然而無論小鈴如何安慰我，我總是坐立難安，認為自己身體散發可怕的氣味，甚至激動到想親手消滅自己。

我靠著服用安定情緒的藥物擺脫氣味的困擾，不過還是花了好長一段時間才終於解決了幻嗅的問題。每當我因為臭味而寢食難安時，就會想起自己以前住在垃圾屋裡，湧起熊熊怒火與陷入無窮無盡的悲傷。

等到媒體熱潮告一段落，社會大眾都忘記我時，我從兒童之家轉移到團體家屋。這裡住的是跟我一樣的成年人，大家都無法自理日常生活。

我是在進入團體家屋之前鍛鍊到足以靠自己的雙腳站立，但是地點僅限於兒童之家或是熟悉的地方。幻嗅的問題則是搬進團體家屋後又過了一陣子才終於解決。

住進團體家屋後，「自立」這個肉眼看不到的威脅日日夜夜壓迫著我。我必須儘早學會如何自立。團體家屋的環境和兒童之家大相逕庭，我又得重新建構身邊的世界。

總而言之，沒人遇過像我這樣的個案——一個盲人二十五年來幾乎不曾踏出家門，過著離群索居的生活。這一切都史無前例，大家因此不知該如何是好，其中一項困難的課題是協助我接受義務教育。

最後討論出來的解決方法是讓我去距離團體家屋最近的特教學校上學，在一年之內學會一般兒童在六年之間學習的課程。

在協助外出移動的照服員幫忙之下，我每個星期會在一般學生下課之後去學校上課數次。步行到車站再搭電車去學校的路程並不輕鬆，不過我很高興能夠去上學。

上學之後，我才知道這世上有「點字」這種文字。儘管我透過故事認識許多詞彙，加上媽媽一開始很用心教育，所以我學會許多詞彙與說法。但是說到文字，我認得的只有媽媽寫在我掌心上的那些字。

點字的結構是左右兩行和上中下三排，由位置固定的六個點表示字音。例如ㄅ是左上、左下和右中凸起；ㄆ是左上、左中、左下和右上凸起。數字、英文字母和聲調符號又各自有不同的組合。我用指尖撫摸點字，讀出排列了哪些字音。明眼人可能覺得點字類似樂譜。

「ㄗㄠˇ　ㄢ，早安」「ㄎㄞ　ㄉㄨㄥˋ，開動」「ㄒㄧㄝˋ　ㄒㄧㄝˋ，謝謝」「ㄗㄞˋ　ㄐㄧㄢˋ，再見」

熟悉加上願意花時間便能了解這些點的背後究竟隱藏了哪些意思。閱讀點字就像解讀暗號。但是我只能認到這個地步，要我用點字讀完一整本書，簡直是看不到終點的漫漫長路。

一般人往往以為盲人都認得點字，其實實際認得點字的盲人只佔整體一成左右，要後天失明的盲人學會點字更是困難。

除了點字之外，我還得學會使用「導盲杖」。

導盲杖又叫「白手杖」，對我而言，學習使用導盲杖比認識點字還困難。我好不容易才學會走路，又得馬上習慣走路時用右手拿導盲杖，一邊左右揮動導盲杖，一邊前進。不僅如此，我還得克服不習慣穿鞋子的問題，走一走便常常分心到鞋子去。導盲杖的用法是伸出右腳時朝左揮動手杖，踏出左腳時轉為朝右揮動手杖，確認前方是否有障礙物。儘管腦袋明白，練習到反射性做出這些動作實在不是件簡單的事。

這不是什麼值得自豪的事，不過我這輩子沒做過任何運動，說是壓根兒沒有運動神經也不為過。所以無論練習多久，都無法與導盲杖建立起良好的夥伴關係。

除了學習點字和練習使用導盲杖等盲人特有的課程之外，我還上了國語、算術和自然科學等一般基礎學科。只是課堂上永遠只有我跟老師兩個人，我雖然去學校上學，卻從未接觸過正常的學習環境。

我在一年後取得畢業證書，算是拿到小學畢業的學歷。然而我自己最清楚實際上不過是虛有其表。

不用去上學之後，和我接觸的人逐漸減少，我在房間裡獨處的時間也越來越長。當然只要我開口便能受到需要的援助，也有很多人會基於善意無償協助我。

然而我總是孤單寂寞。孤獨從四面八方包圍了我。

現在的生活平靜安穩，再也不會因為飢餓而近乎發狂。不用在垃圾堆裡尋找食物，也不用靠咬鉛筆或是含橡皮擦忘卻飢餓。冷了有柔軟的棉被蓋；肚子餓了有微波爐能調理簡單的餐點；想聽音樂時有ＣＤ播放器可以播放音樂；天氣熱了有冷氣；想沖澡了也能隨時沖澡。

所有需求都能隨時獲得滿足。每個人懷抱好意，盡力為我準備舒適的環境。我很清楚大家為我付出很多，卻還是經常遭到難以言喻的不安侵襲。

我像是一個人走進純白的方形空間，茫然地盯著白色的天花板瞧，一點也沒有要逃出來的意思。

現在我只有上醫院時才會出門，平常還是得靠安定情緒的藥物才能過上普通生活，安眠藥尤其不可或缺。要是沒有安眠藥，我就睡不著。我沒辦法像明眼人一樣靠閉上眼睛區分清醒與睡眠的時間，當煩惱佔據心頭時便無法入睡。

另外可以自行決定飲食之後，我又恢復兒時的飲食習慣，結果導致營養失調。

在這種情況下，要說有什麼好消息，應該是發現我失明的真正原因吧！我之所以失明是因為出生時尚未發育完全，發生早產兒視網膜病變，而不是媽媽在我眼中滴進異物。當時如果及早接受治療，也許還有一絲機會保住視力。就這點而言，媽媽是導致我失明的間接兇手。然而身為早產兒卻沒有因此失去生命，堅強活下來都是因為我本身生命力旺盛。

其實我還不知道自己究竟怎麼看待媽媽。用冰冷的掌心打我巴掌的人是媽媽，告訴我聽故事是一種旅行的人也是媽媽。

問我想不想見媽媽一面，我無法立刻回答。問我對媽媽是愛還是恨，是喜歡還是討厭等關於媽媽的問題，我都無法給出明確的答覆；我跟媽媽之間的關係不是三言兩語就能輕易解釋定義。

然而當我知道自己失明是因為早產兒視網膜病變時，還是既高興又鬆了一口氣。我一直期盼不是媽媽害我失明的，我也想早點告訴她這件事。

媽媽沒有親手害我失明，我的失明不是媽媽害的——明白這兩項事實不僅解放了我，想必也能解放媽媽。

離開家的這兩年，每天總會接觸到新的人事物。面對這一切，我只能隨波逐流，無法拒絕抵抗，天天忙於活在當下，沒有餘力回顧過往。

第三年搬進團體家屋之後，我終於擁有可以自行安排的時間，足以懶散休息，無須趕場。這段時間的目的或許是讓身心靈休養生息。

人生有時或許也需要一段無所為的時間。

然而平淡無奇的生活卻因為一通電話而畫下休止符。

電話另一頭是導盲犬訓練中心的男性員工，通知我找到可能適合我的導盲犬。這麼一說，我想起來自己的確在幾個月前申請了導盲犬。

我曾經鼓起勇氣，試著用導盲杖外出，卻在路上碰到車子，嚇到當場無法動彈。相同的事發生幾次後，我更不肯外出了。一名援助者看不下去，建議我試試導盲犬。

但別說導盲犬了，我連一般的狗都所知甚少，在申請書上署名只是因為比導盲杖方便這種輕率的動機。導盲杖無法成為散步時陪伴我的夥伴，我於是把它摺起來，收進房間衣櫃裡。

原本停滯的人生，因為導盲犬的到來而重新緩緩前進。

一方面也是因為我下定決心要回到原本的家。雖然團體家屋允許我帶狗居住，不過我從很早之前就想回家了。

有些人明顯流露出厭惡或是驚訝的表情：「那裡發現過屍體，你還要回去嗎？」可是我就是很想念那個家。聽說房子裡的垃圾已經清除乾淨，不再是垃圾屋了；更重要的是我很擔心院子的情況，也想和烏鶇合唱團的成員重聚。

棘手的問題是我建立了新的戶籍，在法律上和媽媽已經斷絕母女關係，究竟該如何合法繼承那棟房子呢？好險優秀的律師幫我克服了這個難關。

幾個朋友來幫我搬家，其中還包括小鈴的先生。小鈴和我是晚上以前並排睡覺的交情。但是她現在懷孕了。本來她很堅持一定要來幫我搬家，她先生表示願意代替她來幫忙，才說服她待在家裡休息。小鈴已經跟我炫耀過好幾次他們之間有多甜蜜，我也很期待見到她先生。

我在團體家屋的行李雖然沒多少，想搬回家卻得重新修整房屋才方便我生活。之所以能改建房間，多虧社會福利庇護。

現在家裡有水、有電，廚房從瓦斯爐改成ＩＨ爐；放在浴室的家具和垃圾通通搬走，只留下最低限度的家具；牆壁處處裝上扶手，比以前更方便我居住。地下室封了起來，以前經常和蘿絲瑪莉一起仰望天空的閣樓基本上也不再開放。我不清楚蘿絲瑪莉是否還放在閣樓裡。

儘管又得花些時間去適應新環境，我在這裡還是比兒童之家或是團體家屋更為放鬆和安心。

傍晚送走協助搬家的諸位朋友後，我走向院子。之前我請做點字的義工幫忙，把標明植物名稱的點字標籤掛在每棵樹上。其實回到這個家，我最期待的就是和院子裡的樹木再次相聚，只可惜白天人來人往，不得不把這件事情往後延。

我找到「ㄇㄨˋ ㄌㄢˊ，木蘭」、「ㄓ ˙ㄗ ㄏㄨㄚ，梔子花」、「ㄧㄤˊ ㄩˋ ㄌㄢˊ，洋玉蘭」、「ㄒㄧㄚˋ ㄍㄢ，夏柑」、「ㄍㄨㄟˋ ㄏㄨㄚ，桂花」、「ㄖㄣˇ ㄉㄨㄥ，忍冬」、「ㄖㄨㄟˋ ㄒㄧㄤ，瑞香」。

原來這就是瑞香。

我忘記是什麼時候問過媽媽這是什麼植物，媽媽卻說她忘記了，不肯理會我。現在我終於又遇到瑞香，有機會撫摸瑞香的枝葉。

我於是把臉貼近瑞香打招呼：「我好想你。」

我由衷告訴所有樹木：「謝謝你們，那時候多虧有你們陪在我身邊。」

院子裡不是只有高聳的樹木，腳下也有許多植物。義工在這些植物附近放上石頭，把點字標籤貼在石頭上，方便我辨認植物的名稱。

我於是趴在地上，伸出雙手尋寶，摸索這些植物的名稱：「ㄞˋ ㄘㄠˇ，艾草」、「ㄩˊ ㄒㄧㄥ ㄘㄠˇ，魚腥草」、「ㄐㄧ ㄕˇ ㄊㄥˊ，雞屎藤」、「ㄌㄧㄥˊ ㄌㄢˊ，鈴蘭」。

我把鼻尖湊近鈴蘭的小花，一股清新的香氣包圍了我。據說小鈴的父母希望她能成為一個像鈴蘭一樣美麗的女孩，所以才把她取名叫「美鈴」。但是我不知道原來鈴蘭的香氣是如此惹人憐愛。

「小鈴。」

這一聲呼喚喚醒我記憶中小鈴溫柔的一面，她與鈴蘭的確有類似的地方。

院子裡當然也有些植物狀態不佳，不過整體狀況比我想像得還要健康，讓我放下心中一塊大石頭。從明天起，我們隨時都能見面。

一想到這，心中便湧起一股無法言喻的希望。光芒化為微小的氣泡漂浮閃耀，圍繞在我身邊。

這裡發生過很多事。我有過愉快的回憶，也有過痛苦的往事，但是無論如何，我深深體會到這裡是我唯一的歸處。

我感覺今天已經畫下句點。回到屋子裡發現桌子上擺滿了慶祝喬遷的賀禮，我捨不得打開禮物，卻還是很在意，於是先打開禮物上附的卡片。

拿起信封，輕輕撕下貼紙，拿出質感厚重的卡片。打開對折的卡片，原本平面的卡片突然跳出立體的造型。

紙上有好幾處刻痕，會隨著卡片打開而呈現立體造型。我伸出雙手小心觸摸，以免破壞了纖細的造型。

我在腦中描繪卡片的形狀，似乎是酒瓶和紅酒杯，還有用點字打出來的祝福：「為十和子的人生轉捩點乾杯！」

儘管我不會喝酒，卻也因為這張大家贈送的賀卡微醺了。

我把鼻子輕輕湊近卡片，嗅聞紙張的氣味。裡面隱含的是親切溫柔的友人氣息。

隔天早晨，烏鶇合唱團盛大的合唱喚醒我迎接新的一天。快活不絕的歌聲像是慶祝我回到這個家，我覺得牠們好像在對我說：歡迎回來！

幾個月之後，我去參加學習使用導盲犬的共同訓練營。參加期間必須住在訓練中心，所以我得離家四星期。

在那之前我參加過一天的行走體驗，大概了解和導盲犬出門是怎麼一回事，也上過課學習如何照顧導盲犬，然而我還是無法想像和導盲犬一起生活會是什麼樣的情況。下次我回到這個家時，身邊會多出一隻導盲犬。

我的拍檔叫「喬伊」，是雌性的黃金獵犬，據說身體是黃色的。

我應該一輩子都不會忘記我倆第一次見面的情況。當我伸出手來握手時，牠用濕漉漉的鼻尖在我手背上蓋了好幾次章，接著又毫不客氣地聞我身上的味道。

我當場蹲下來，也用相同的方式聞牠的味道。我倆彼此互聞之後，牠把下巴放到我的肩膀上，舔了一下我的耳垂。這就是喬伊打招呼的方法。

教練觀察我們的樣子，興奮地對我說：「喬伊蠻怕生的，不過看起來牠對你打開心扉了呢！」

打完招呼之後，我用掌心去感受喬伊的身體。牠的身體溫熱，毛髮下方是隆起的肌肉，仔細觸摸牠的頭會發現其實有些許起伏。耳朵柔軟；撫摸下巴下方時，牠抬起頭來，呼了一口長長的氣；全身上下散發紅茶的氣味。

赫然發現這是我生平第二次正式觸摸生物。第一次是剛出生的幼貓——小灰。小灰的身體過於嬌小，要是我兩手用力一握，恐怕會粉身碎骨。相較之下，喬伊身強體壯，要是完全靠在我身上，我恐怕會搖搖晃晃站不住。強壯有力的尾巴拍打我大腿與手臂的力氣之大，小灰根本沒得比。

從這一天開始，我和喬伊形影不離。一同接受教練指導，學習如何一起安全行走，建立親密關係。

我越是了解喬伊，越發現我們實在很像。例如我們都是透過嗅覺掌握這個世界；有點膽小，熱愛食物和怕生。

最重要的是喬伊，不是導盲犬界的模範生。

十隻受訓的狗當中只有三至四隻方得進入共同訓練階段，其他不合格的狗會開放一般家庭收養，以寵物的身分展開人生第二春。

喬伊的成績勉強在及格邊緣。但是我的學歷也不過是特教學校畢業，而且還只是形式上上過學，完全缺乏這個年紀的人應有的知識。要是搭配我的是隻導盲犬界的菁英，我反而會畏縮緊張吧！正因為如此，我更相信喬伊是我的最佳拍檔，我們相遇是命中注定。

和導盲犬一起走路不是盲人單純依賴導盲犬指引，而是雙方一起努力，各負一半的責任。

我當初以為只要握緊導盲犬身上的導盲鞍，牠就會像計程車司機一樣帶領我抵達目的地。然而實際下指令的人是我，要是我的指令錯了，連帶喬伊也會做出錯誤的動作。主導權其實操之在我。導盲犬的重要義務是保護使用者的性命，完成義務則需要使用者協助。

Sit Down是坐下，Wait是等一下，Up是起來，Go是出發。

在正確的時機下令，並且在導盲犬表現得好時說「Good」讚美牠。對於導盲犬而言，獲得使用者讚美是至高無上的獎勵。

「你的工作是思考如何讓喬伊工作時保持好心情，所以牠表現得好時請大力稱讚牠。牠為了獲得讚美，就會更認真表現。」

教練無時無刻不叮嚀我這件事。單純逼迫導盲犬服從，牠不會高興。所以使用者必須事先做好準備，好讓導盲犬能工作得開心愉快。

我們倆逐漸建立起信賴關係。喬伊的個性大方不拘小節，說得不好聽一點是我行我素。自己有興趣的事情便很積極，沒興趣的事則會假裝沒看到，或是該說會偷懶，這正是當初牠被認為可能不適合當導盲犬的最大原因。

然而我不僅討厭不起喬伊來，對牠的感情甚至還一天比一天深。尤其是結束一整天的訓練，卸下導盲鞍時，牠立刻露出旁若無人的表情，衝到我身上，要我陪牠玩。這種時候，把牠喜歡的玩具球丟出去，牠一定會全心全意追逐，把球撿回來給我。然而要是玩膩了，不管我怎麼丟球，牠連看都不看一眼。工作以外的時間，喬伊堅持只做自己喜歡的事。

我們連晚上都一起睡覺。喬伊就睡在我床旁邊的籠子裡。可能是因為身邊有生物的氣息令人安心吧？我睡得比平常沉。聽到喬伊的鼾聲，我便握住牠的尾巴，感覺自己漂浮在無風無浪的平靜海面，自然而然進入夢鄉。喬伊的安眠效果從第一天晚上便發揮功效，第二天早上，我睡到被牠舔醒過來。

我在共同訓練營要學的事情堆積如山，例如怎麼穿過十字路口，走在電車月台上要注意哪些事情，搭公車、電車或是進餐廳時有那些準則；練習為喬伊梳毛，檢查牠的身體狀況，帶牠上廁所與餵食飼料等。

老實說，共同訓練營比特殊教育學校的課程有趣多了。因為喬伊總是在我身邊，又經常面帶笑容。

喬伊的名字是幼犬時負責照顧牠的寄養家庭（Puppy Walker）取的。導盲犬的幼犬在出生後兩個月便離開母親，由寄養家庭撫養到一歲。寄養家庭用愛養育這些幼犬，同時教導牠們如何與人類相處以及基本的生活規矩。

喬伊這個名字是「喜悅」的意思。我覺得這個名字再適合牠不過了，牠總是時時面帶微笑，我雖然看不見牠的笑容，卻能感覺到牠在笑。牠笑的時候會發出「嘻、嘻、嘻、嘻」的急促呼吸聲，還會猛烈搖動尾巴。一搖尾巴，就會起風。當牠笑起來時，我覺得周遭的空氣都明亮澄澈了起來。喬伊的生活無時無刻不充滿喜悅。

要是有喬伊陪伴，我的人生也會朝光明的方向前進吧！和牠走在一起，總覺得自己走進了閃亮炫目的光之隧道。這種時候牠一定會露出微笑，好像牠也感受到跟我一起走在光之隧道裡。

在訓練中心的四星期轉眼間便過去了。

最後的關卡是我和喬伊單獨行走。我倆同心協力，好不容易及格，喬伊終於取得導盲犬的資格，我也獲得導盲犬使用證。換句話說，這兩份資格象徵直到喬伊十歲生日退休的那一天，我們都會休戚與共。

參加訓練中心舉辦的出發典禮之後，我和喬伊在導盲犬指導員的守護之下一起回家。接下來的兩三天是在家附近接受行走指導，進一步了解喬伊與學習和牠生活時的具體注意事項。

「沒有人能一開始就做到一百分。就算是習慣導盲犬的使用者，接觸新的導盲犬也得花上一定時間磨合。所以你別心急，現在最重要的是你能安心外出行走，還有讓喬伊開開心心協助你。不用擔心失敗，先從享受和喬伊出門散步和同居生活開始吧！」

導盲犬指導員收拾好行李，在玄關道別時對我說了這番話。聽在耳裡充滿向親密夥伴告別的寂寥，也是對今後將同甘共苦的我們溫暖的鼓勵。

這番話帶給喬伊與我莫大的勇氣，我們的同居生活正式拉開序幕。

除了童年時與媽媽生活的那段時光，我不曾跟別人分分秒秒一起生活。喬伊來到這個家之後，我終於明白自己追求的究竟是什麼。

我追求的是來自他人的溫暖，而喬伊每天都毫不吝惜地與我分享牠的溫暖。

話雖如此，和喬伊同居以來，增加的家事多如山高，生活行程也出現一百八十度轉變。每天通知我新的一天再度降臨的依舊是烏鶇合唱團，現在又加上喬伊。我的鬧鐘變成兩個。偶爾賴床一下，喬伊便會以有點粗暴的方式想辦法叫我起床。

一起生活久了，我發現喬伊是用「打噴嚏」表示提出要求——故意打噴嚏是牠的特技之一，所以當牠希望我起床時，會在我耳邊狂打噴嚏：

「起來啦！今天又是新的一天，該吃早飯啦！」

一睜開眼睛，喬伊的臉便近在眼前，我覺得自己好像看得見牠閃閃發亮的雙眸。

「喬伊早安，今天也要開開心心的喔！」我撫摸著喬伊的頭，向牠打招呼，開始一天的行程。

早上第一件事是上廁所：帶喬伊走進院子，讓牠在院子裡上廁所。

「One，two，one，two。」

One是小號，two是大號。我豎起耳朵聆聽喬伊的動作，耐心等待牠上完廁所。現在的課題是掌握牠排泄的頻率與時間，在適當的時候帶領牠上廁所。

上完廁所才是早餐時間，這也是牠最期待的時間。

喬伊食慾非常旺盛，體重卻比一般的黃金獵犬輕一點，可能是吃不胖的大胃王吧？光吃市面上販賣的飼料會便秘，所以我會加上煮軟的蔬菜和新鮮的水果。

我也會趁餵喬伊早飯時，吃點水果，過去比誰吃得都快的我，卻總是輸。喬伊大概是吃得太快，吃飯時經常發出洪亮的打嗝聲。

吃完早餐是自由時間。牠最喜歡吃完飯睡懶覺，常常躺在緣廊伸展四肢，打瞌睡、曬太陽。

我回到這個家時，請工人在院子的一角施作木地板的露台，我自己管這裡叫緣廊。緣廊的大小正適合我和喬伊在這裡打滾，天氣好的日子常常一起在這裡做日光浴。

洗完早餐用過的餐具，開始收拾整理整個房子，接著清掃廁所與浴室。如果只有我一個人住，大概不會打掃得這麼徹底，可是這個家裡現在還有喬伊，我規定自己不能在地上放東西，東西掉到地上也一定要馬上撿起來，以免牠誤食危險物品。

把房子打掃乾淨一方面也是為了自己好。喬伊剛來到這個家的時候，我還沒養成立刻收拾的習慣，結果一腳踩上會發出聲音的玩具，差點跌倒，也曾經踩到喬伊的布娃娃，還以為自己踩到牠，嚇出一身冷汗。

可是一切物歸原位之後，我不再因為突發情況慌張失措，臨時急需物品時也能馬上找到。更重要的是，我再也不能把這棟房子搞成垃圾屋了。與其說是使命，不如說是害怕重蹈覆轍。

把該做的家事大概做完一輪之後，如果還有時間，我會去整理院子。這種時候我一定是打赤腳，雙腳直接踩踏在泥土上喚醒腳底的感觸，更能清楚掌握世界的形狀。

我有時會忘記把喬伊玩耍掉落的東西撿起來，走進院子裡踩到時嚇一大跳。儘管如此，我還是不想穿鞋子走進院子。對我來說，這個院子就跟心愛的人的肌膚一樣，不會有人想穿鞋子踐踏心愛的人的肌膚的。

除了愛護院子之外，打赤腳才能清楚聽到植物的聲音。

腳底與臉一樣，也有眼睛、鼻子、嘴巴和耳朵般的感官，光著腳踩在泥土地上彷彿直接與地球對話。

用掌心輕輕碰觸珍愛的植物枝葉，掌握植物不同於人類語言的聲音。只要豎起耳朵仔細聆聽，沒多久便能清楚聽到植物是生氣勃勃還是在抱怨身體不適。我化身為天線，捕捉植物發出的訊號；用掌心觸摸泥土，享受與植物對話的樂趣。

院子的一隅是兩個哥哥的墳墓。雖然只是衣冠塚，我還是下了點功夫用石頭把它圍起來，免得喬伊闖進來。我在這裡種植了些球根植物，也埋了些花草的種子，確保這裡時時有花朵綻放。

我時不時來到這個角落，與哥哥對話。我之所以能活下來，或許是兩個哥哥默默守護著我。我接收他們剩餘的生命，所以生命力才如此旺盛。我對兩人懷抱感謝之情，同時發誓一定會連同他們的份一起活下去。

我在庭院裡蒔花工作時，睡完回籠覺的喬伊便會走來我身邊，要我帶牠去散步。

「好啊！我們去散步吧！」

一聽到這句話，喬伊頓時精神充沛地搖起尾巴來，毫不客氣地敲擊我的大腿，催促我加快動作。

「喬伊，要One喔！One！One！」

我催促喬伊出門前再上一次廁所。當牠在院子角落方便時，我趕緊洗手擦腳，穿上襪子準備外出。

喬伊上完廁所，一臉得意洋洋地走到我身旁，等待我為牠裝上導盲鞍。導盲鞍相當於導盲犬的制服。一裝上導盲鞍，喬伊瞬間轉換為工作模式，從愛玩愛撒嬌的寵物變成值得信賴的導盲犬。前後差距實在驚人。

「喬伊，Go！」

我和喬伊一起走出家門。

遇見喬伊之前，非得獨自出門時的夥伴是導盲杖。我必須留意前後左右，同時藉由導盲杖前端確認道路狀態。有時自行車騎士會從後方快速接近，破口大罵我這樣很危險；用導盲杖左右探路、慢慢過馬路時，也曾遇過推娃娃車的女性低聲嫌我擋路；聽到旁人發出嫌棄的嘖嘖聲更是家常便飯。我於是漸漸蝸居家中。

自行車和汽車當然可怕，但是更叫我害怕的是人。

兒童之家的職員和義工了解我的過去，態度自然親切友善，然而當我單純以一個盲人的身分進入這個社會時，一般人絕不會親切以待。別說是親切了，更多時候是殘酷冷漠。

可是當陪伴我出門的夥伴從導盲杖換成喬伊時，氣氛為之一變。大家紛紛對我——正確來說是對喬伊——搭話。

導盲杖在行走時不過是協助我移動的工具。時間和距離越短，我越是安心。現在我卻懂得享受行走的樂趣了，因為散步本身就是我與喬伊出門的目的，因此散步時間總是充滿愉快喜悅。

「Good！Go！Good！Go！」

喬伊心滿意足地昂首闊步，項圈上的鈴鐺也隨之搖曳作響。

導盲犬幾乎不吠叫，所以使用者是以項圈上的鈴鐺確認導盲犬的位置。不同於相當於制服的導盲鞍，項圈只有洗澡時才會拆下，所以在家裡時，每當喬伊一動便會聽到鈴聲，連睡覺翻身時都會發出聲響。

鈴聲在散步時格外明顯。這或許是我的錯覺，不過我覺得在家裡往往一個不留神便忽略了鈴聲，散步時卻特別容易傳進耳中。儘管透過導盲鞍也能掌握喬伊的狀態，但更多時候我是靠鈴聲判斷牠究竟是情緒緊繃還是悠悠哉哉。

外出時會制定行走路線，以免我撞上障礙物。遇上高低差或是轉角時，喬伊便會提醒我。但是導盲犬無法分辨紅綠燈的顏色，所以過馬路時是由我聆聽周遭的聲音，做出最終判斷。

我的腦袋裡有一份附近的地圖，用氣味、聲音與道路的觸感等當作路標，記錄在地圖上。我藉由掌握自己目前走在這份地圖的何處，一步一步邁向目的地。我特別仰賴的是拉麵店和炸豬排店，西式甜點店和柏青哥店也是救命稻草。

然而喬伊與我畢竟才合作沒多久，偶爾也會拐錯彎，走錯路。這種時候就算是在家附近，也像是走進了另一個次元空間，嚇得我冒出一身冷汗。

但是多虧有喬伊在我身邊，我學會了向陌生人問路。以前靠導盲杖外出時，我害怕到無法開口問路，只能默默等待好心人發現自己迷路，伸出援手。現在我再也不擔心走進迷宮，相信只要自己願意向外求援，必定能獲得幫助。這和過去拿導盲杖時總是戰戰兢兢、擔心出事，簡直是天壤之別。

散步時間的長短與目的地隨當天而異。有時去超市購物，有時順道去一趟豆腐店，買豆腐跟豆渣甜甜圈回家。

我是進入兒童之家之後才知道世上有豆腐這種食物。雖然很多食物都是進了兒童之家才認識，豆腐是令我特別驚豔的食物之一。我不僅喜歡它吃起來的味道，還喜歡它聞起來的氣味——聞了便心平氣和。如同喬伊聞到在意的氣味便不禁脫離既定路線，我在散步路上經過豆腐店時，也總是忍不住走進店裡，買一塊豆腐給自己，也買些豆渣甜甜圈給喬伊當點心。所以每次快走到豆腐店時，牠總會稍微加快腳步。

去圖書館的路途最為遙遠。

通常我每兩星期去一次圖書館，然而就連離我家最近的圖書館，路線都有些複雜。雖然搭公車不過是三站的距離，換成像我這樣的盲人一邊找路、一邊前進，就得花上不少時間了。

挑選去圖書館的日子還得參考氣象預報，選一個不會下雨而且氣溫剛好的日子——天氣太熱的話，走到半路就會精疲力竭。出發當天我會趕緊整理甚至是放棄整理院子，事先捏好飯糰當午餐帶出門，當然也會幫喬伊準備好滿滿的點心當作獎勵。

「今天我們要去遠足囉！」

聽到這句話，喬伊就知道我們今天要去圖書館了。

有聲書為我的人生帶來一線希望。我長期以來必須仰賴媽媽念書給我聽才能接觸到故事，然而這世上其實有「有聲書」這種東西，只是我不知道而已。

原本我下定決心接受導盲犬的理由也是有聲書。我實在太想看書了，而且進了圖書館還想盡情享受圖書館的氣氛和紙本書的氣味。委託義工帶我去圖書館得顧及義工心情，不能隨心所欲待在圖書館裡。儘管我看不到紙本書上印了什麼，待在書本旁邊便能讓我安心。

我還喜歡書本的形狀，所以借有聲書時也會想辦法連同紙本書一起帶回家。聽有聲書時，把紙本書放在面前，用手撫摸封面和翻開書本，想像故事大概進展到哪一頁，並且嗅聞紙張的氣味。如此一來，我的內心就能更加貼近故事，更能深度感受故事裡的世界。

開始聆聽有聲書之後，我慢慢察覺言詞也有獨自的氣場或是類似海市蜃樓。所以聆聽時不能單純聽過去，而是用手心包覆加熱。如此一來，言詞當中隱含的精華便會如同蒸氣，慢慢滲出外側的薄膜。

剛開始我滿心只想趕快聽完故事，現在卻會靜靜等待言詞的溫度與我的體溫同化，直到微微發熱。讀書的重點不在於讀得快還是讀得慢，而是如何與言詞背後展開的故事親密交流。這才是讀書真正的樂趣。

我前進一步便停下腳步，抬頭仰望天空或是感覺風吹拂過我，聆聽言詞的嘆息。悄悄吸進言詞的嘆息，盡情品嘗故事的滋味。對我而言，讀書是另類的進食，吸收消化的是故事裡的生命。

我實在太想自己一個人去圖書館，於是想辦法適應穿不慣的球鞋，努力鍛鍊身體好培養出走久了也不會累的體力。不知不覺中，我的腳底已經長出容得下鉛筆穿過的足弓，得以支撐我外出行走。

每次從圖書館借紙本書與有聲書回家時，我總是雀躍不已。回家路上坐在公園裡吃飯糰時也迫不及待想趕快打開書本。這種時候我終於能坦率的認為活著真好。

剛開始聆聽有聲書時，我老是不禁在朗讀聲中尋找媽媽的聲音。然而日子久了，我逐漸沉浸在故事情節中，不再尋找媽媽的影子。

沉迷於有聲書讓我忘記過去，認識陌生的新世界。想讀更多，想聽更多，想知道故事的後續這些慾望促使我繼續活下去。

當我坐在沙發上享受讀書之樂時，喬伊習慣把下巴放在我的大腿上，裝出一副陶醉的模樣。牠也用自己的方式享受這段時間。

除了傳統的有聲書，這世上還有許多工具協助像我這樣的盲人。例如數位無障礙資訊系統（Digital Accessible Information System, DAISY）格式的有聲書便是其中之一。這是只有聲音的電影，除了電影原本的聲音之外，還有講解場面與情況的旁白。所以連盲人都能想像畫面，陶醉在情節中。

閱讀機可以掃描讀出郵件等文字與存摺、發票等數字，花點時間還能朗讀整本紙本書。智慧型手機裡也有APP能分析拍攝的影像，以語音告知影像內容。

因此我找罐頭時不用再煩惱裡面裝的究竟是什麼，APP當下便能告訴我究竟是水蜜桃、橘子還是肉醬。去超市購物時也不再擔心分不清鹽與胡椒或是洗髮精與護髮乳。APP還能分辨顏色，所以我在購物時也能享受挑選的樂趣。

有一次我心血來潮，用APP分析了喬伊的照片，得出的結果是「奶油色的狗，脖子上繫了紅色項圈」。我一直以為牠是黃色的。畢竟當初我學到的知識是喬伊是黃金獵犬，而黃金獵犬是黃色的。看來是我認知錯誤，只好修正腦袋中想像的顏色。

這世上有黃色的鳥，卻沒有黃色的狗。我有點難以接受這個事實，不過既然大家說這是常識，就當作是這麼一回事吧！儘管如此，我想像喬伊的模樣時總覺得他閃閃發亮。

到了傍晚，我打開廣播，開始做晚飯。

我不會什麼費工精緻的料理，把米放進電鍋裡就會自動煮成飯，用高湯粉便能輕輕鬆鬆煮好味噌湯；蔬菜要麼切了直接吃，要麼烤一烤。肉類跟魚類也只是抹上基本的調味料，加熱好就下肚了。然而光是自己準備三餐，就讓我深深感覺自己現在「活著」，感謝上天讓我跟喬伊又平安度過一天。

冬天快要來了。

通知我這件事情的是銀杏。當銀杏的氣味完全消失時，強烈的北風已經準備好要迎面撲來了。

最近去超市買的東西越來越多，我開始使用宅配到府的服務。兩手空空從超市回家的日子，我會稍微繞點路到商店街的蛋糕店買甜點，並且把裝了甜點的盒子放到背包最下層，以免打翻。

那天當我和喬伊並肩前進時，一位女性叫住了我們。她的聲音聽起來有點遲疑，年齡約莫是六十出頭，體型纖瘦，個子大概比我高一點。我現在慢慢能靠聲音判斷出這些資訊了。

「您好。」

我把身體轉向聲音的來源，向對方打招呼。這戶人家無時無刻不散發濃郁的香氣，叫人忍不住想深呼吸。

「不好意思，突然叫住你。」

對方的口氣很客氣小心，然後蹲下來親切地對喬伊打招呼：

「你每次都很聽話，好乖啊！」

對方說「每次」，表示不是第一次看到我和喬伊。

「方便的話，要不要來我家喝杯茶再走呢？」

對方突然邀我進門坐坐，我一時驚訝到啞口無言。雖然走在路上遇過有人對喬伊搭話，邀我上門喝茶還是第一次遇到。

對方似乎察覺我心中的遲疑迷惘，繼續接著說：

「我之前就想過要跟你好好聊聊，卻一直鼓不起勇氣……所以每次都目送你跟狗狗離開。聽起來很像偷窺狂，真是對不起。」

她的聲音聽起來有些緊張。我沒料到事情會是這樣發展。但是我從之前就很在意這戶人家的氣味，難得人家邀我就進門坐坐吧！從對方的聲音和用字遣詞聽來，應該不會衍生成什麼事件。

「謝謝妳，那我就不客氣了。」

當我這麼一說，好像看見對方的表情瞬間放鬆下來。

走進對方家門，神秘的氣味更加強烈了。

「這是什麼味道呢？每次經過這裡總會聞到這個味道，我覺得很香。」

我在玄關卸下喬伊身上的導盲鞍，一邊詢問。要是可以的話，我真想跟喬伊一樣聞遍對方全身。

「你聞到的應該是艾絨的味道吧？」

「艾絨？」

我之前讀過的故事裡從來沒出現過這個名詞。

「我剛剛用艾絨幫媽媽治療，所以還聞得到那個味道。」

「艾絨是一種植物嗎？」

「嗯，也算……」「年輕人沒聽過艾絨，那麼你聽過艾草嗎？」

「艾草我就知道了。」

永遠的院子裡就有種艾草。

「把艾草葉子背面的白色絨毛收集起來曬乾，就是艾絨，把艾絨點火放在穴道上治療就是艾灸。」

雖然聽了說明也無法掌握全貌，至少我學到了「艾絨是艾草的絨毛」。

這裡不是我家，我本來想讓喬伊待在玄關等我。對方卻表示歡迎我和喬伊一同進客廳，我於是拿出準備好的溼毛巾擦拭喬伊腳底，在對方的帶領下走進房間。我從反射的回音感覺房間裡放了很多東西，腳下是厚實的地毯，踩起來有彈性，彈力就如同銅鑼燒皮般。

「請坐。」

對方引導我坐在椅子上。我一坐下，喬伊馬上把我的腳背當枕頭，進入休息狀態。

「我有紅茶、咖啡、中式茶和花草茶。你喜歡喝哪一種呢？別客氣，儘管說。」

她一邊問我，一邊開開關關冰箱。

「紅茶好了，請給我杯紅茶。」

我人生中雖然還沒喝過幾次咖啡，不過每次都品嘗不出究竟好在哪裡——不過，我不討厭咖啡的氣味。

「我先自我介紹吧！突然遇上有人搭訕，你應該嚇了一跳吧！」

對方一邊泡茶一邊說：

「我叫清水魔里。魔是魔女的魔，里是鄉里的里。」

雖然對方特意說明，我還是想像不出漢字的形狀。所以我在心裡決定叫這個人「魔女魔里」。接下來輪到我自我介紹。

「我叫十和子，數字的十，和平的和，孩子的子。」

我感覺到對方一直凝視著我。

過了一會兒，面前出現一杯紅茶，紅茶旁邊似乎還放了烤餅乾之類的點心。在她的招待之下，我喝到生平最美味的一杯紅茶。

沉默了好一會兒之後，魔女魔里低語了一句：「我該從哪裡說起才好呢？」說完這句話後，她似乎下定決心，開始娓娓道來：

「我在這個家出生長大，這裡不僅是我父母的房子，也是我的老家。我媽媽現在臥病在床，這個家就剩媽媽和我兩個人。」

魔里原本是鋼琴演奏家，年輕時留學歐洲學習音樂，後來和在當地認識的——根據她的說法是金髮美少年——男子結婚。

婚姻生活平靜幸福，生了兩個孩子。她也成為職業鋼琴演奏家，逐漸展開演奏生涯。

然而她父親在同一時間罹患失智症，母親一個人顧不來，她於是頻繁往來日本、歐洲兩地。

原本先生大力協助，日子勉強還過得下去。久而久之，夫妻之間逐漸產生摩擦，兩人等到老么上了小學才離婚。後來魔里帶著老么回到日本娘家，開起鋼琴教室維持生計，同時挑起照顧父親的責任。

「我家最裡面的房間是有隔音設備的琴房，從那裡看得到一點你家。」

魔里說完回到娘家的經過之後，靜靜地繼續說下去。我也明白自己對鋼琴這個單字產生反應。

「妳是要問我有沒有聽過妳的琴聲嗎？」

開口的同時，我的意識回到過去，當時一開窗便傳來的成串琴聲在我耳中輕盈跳躍。

「我想你應該聽過。」

魔里緩緩回答我，口氣很慎重。

「只要我打開閣樓的窗戶，就能聽德見琴聲。媽媽之前也常常放唱片給我聽，所以我知道什麼是鋼琴。」

我彷彿搭乘穿越時光機，回到當時聆聽琴聲透過窗戶傳進家中的日子。受到琴聲撫慰的記憶突然湧現，眼淚不禁奪眶而出。

魔女魔里繼續說下去：

「所以我之前就發現那裡有個小女孩，我覺得自己必須為了這件事向你道歉。我真的很對不起你。當時你明明在受苦，我也知道那裡住了人，卻什麼也沒做。當事件爆發時，我馬上反應過來那就是你。」

魔里可能也在哭。

「那又不是妳的錯，妳不需要這麼介意。而且多虧有妳彈琴，我的心靈才獲得慰藉。」

我希望她能了解我的感激之情。

「每次聽到琴聲，我總會莫名地安心。而且妳的琴聲真的很優美。」

「我怕琴聲吵到鄰居，彈琴時基本上都會關上琴房的窗戶。偶爾照護媽媽到疲累煩躁時，才會打開窗戶用力敲擊琴鍵。彈琴代表我對人生感到絕望失落。」

她的聲音聽起來像是稍微冷靜下來。

「可是我聽起來一點也沒有那種感覺……」

當我說到「原來我們早就認識了呢」時，房間傳來鳥叫聲。

「咕咕、咕咕、咕咕、咕咕」單純的聲音伴隨高亢的鐘聲，以一定的規律重複了十二次。就連睡著的喬伊都有點在意，微微抬起頭來。

「啊！已經中午了。」

魔里起身離開座椅。

我對這個聲音很有興趣：「現在這個聲音是時鐘發出來的嗎？」

她向我解釋：「這種時鐘叫咕咕鐘，時間到了，布穀鳥就會從時鐘的窗戶探出頭來告知時間，同時還有一個小女孩會一起敲鐘。十二點就響十二次。

這是爸媽來歐洲看我和先生、小孩時，在德國南部買下來的。咕咕鐘半夜也會響，我覺得很吵，想過要拆下來，卻又覺得這是爸爸留給我們的遺物，一直無法動手。

爸爸是個物欲淡泊的人，難得他會因為喜歡而買下來。而且這隻布穀鳥的叫聲有點傻氣，總覺得討厭不起來。」

魔里的聲音像是小女孩雀躍的步伐。所以聽她說話時，腦海中會浮現一個活潑的小女孩背著書包，走在我前面的背影。

我完全想像不出咕咕鐘是什麼形狀，又是什麼樣的構造才能發出聲音告知時間。但是我總覺得這種時鐘很溫馨。魔里接下來又說了一句話，輕鬆愉快的口氣聽起來像是微微加快的腳步。

「呃——我得稍微離開一下，去準備媽媽的午餐。要是你方便的話，一起吃個午餐再走吧！我會叫外送。」

離超市送來我買的東西還有很長一段時間。這是我第一次受到這種邀請，不知該怎麼回應才好。但是我自然而然喜歡上這個人，想跟她再多聊聊。

「真的可以嗎？」

我回問得扭扭捏捏。

「當然可以啊！」魔里回答得乾脆俐落。

當她迅速俐落地準備午餐時，我回憶起當年和媽媽一起生活的日子，獨自陷入沉思。那明明也是我的人生，卻總覺得是別人過的日子，實在奇妙。

魔里叫了天婦羅蓋飯的外送。我從錢包掏出錢表示要付自己的份，她卻要我接受這份心意，怎麼樣也不肯收下。最後變成是她請我吃午餐了。

打開蓋子，甜甜鹹鹹的醬料香氣和香噴噴的麻油味撲鼻而來。

以前星期三的歐德先生偶爾也會送來天婦羅，所以我自認知道天婦羅的滋味。可是魔里叫來的天婦羅蓋飯跟我以前吃到的有如天壤之別。麵衣還有一些地方脆脆的，還不斷散發出麻油誘人的香氣。淋在天婦羅上的醬汁味道恰到好處，不會太甜也不會太鹹，滲入每一顆飯粒裡。

「好好吃喔！天婦羅原來這麼好吃啊！」

我這句話不是誇飾法也不是客氣，而是這真的是我生平吃過的天婦羅當中數一數二的好滋味。

「真是太好了，其實我打從今天一早就很想吃天婦羅蓋飯。照顧媽媽照顧到很煩躁時，我就會找家餐廳，點份豪華一點的餐點排解心情。但是天婦羅蓋飯不能只點一份，今天能跟你一起吃午餐真是太好了。」

「妳最近都沒彈鋼琴嗎？」

剛剛聊天時魔里的確說過照顧媽媽到心情煩悶時，她會打開窗戶吹風彈琴，轉換心情。

「現在只好偶爾會彈彈。畢竟照顧媽媽很花時間，我又得了嚴重的肌腱炎，沒辦法好好彈琴。所以現在也沒在教琴了。」

「對不起。」

對方雖然毫不在意地向我坦白，我輕率提問還是逼得她不得不說出這些傷心的事實。

「沒關係，別在意。我打算總有一天要讓彈鋼琴從工作轉換為興趣。現在我不過是和鋼琴稍微疏遠了，之後一定會和好的。」

她一邊說，一邊為我斟茶。現在是在吃天婦羅蓋飯，所以茶水也從紅茶換成綠茶。

蓋飯裡的每一種天婦羅都好好吃：花枝口感厚實，蝦子充滿彈性，蓮藕酥酥脆脆，牛蒡則是散發誘人香氣。我本來埋頭猛吃，吃著吃著突然在意起魔里進食的速度，於是豎起耳朵聆聽。

味。

她的吃法是慢——慢——品嘗，所以我也學起她來，和每一粒米飯打招呼，細細品

咕咕鐘以悠哉的聲音通知我們已經一點了。魔里家的氣氛像是春天暖呼呼的陽光照在人身上。

我趁她收拾我們吃完的空碗時開口：

「我買了兩個甜點，要不要我們各吃一個當作飯後甜點呢？」

我從剛剛就一直在想這件事。既然對方不願意收下天婦羅蓋飯的錢，我得用其他方式回禮才行。

「可以嗎？」

魔里反問我的聲音聽起來很雀躍。我本來以為她會客氣推辭，得到出乎意料的答案實在太好了。不虧是魔女魔里。她又繼續說下去：

「這是車站前新開的那家蛋糕店對吧！我之前聽大家都在誇那家店的甜點，不過聽說要上午去才買得到。我白天不太能離開家，只好放棄。」

「原來如此，那我今天買來真是太好了。我想說難得去一趟，特地買了兩種不同口味的甜點。我剛剛把甜點放在玄關，妳挑一個喜歡的口味吧！」

我今天買了布丁和泡芙。在那家店買甜點是我生活中唯一的奢侈。進門時我就把裝了甜點的盒子從背包裡拿出來，免得盒子傾斜。

「那我就不客氣了。」

魔里說完，踩著輕快的腳步走向玄關，端著甜點的盒子走回來。她一打開盒子便發出歡呼聲。雖然是買來的甜點，我卻得意洋洋地像是我自己烘焙的一樣。我們或許當得成朋友。

看到眼前的甜點，我們又打開話匣子。當對話突然告一段落時，魔里忽然說：「其實我媽媽以前看過好幾次你跟媽媽一起出門，我可以跟你聊聊這件事嗎？」

我很清楚此時對方的目光緊緊盯著我。

知道我過去的相關人士當中，有些人會刻意避開這個話題，我明白這是對方體貼我的一種方式——不過看來魔女魔里不是這種類型的人。

「當然，請說。」

魔里在我面前倒吸一口氣，接著劈哩啪啦說了起來：

「我媽媽體質有點奇怪，沒辦法睡很久，她從年輕時就這樣，半夜睡不著時會在附近散步。

有一天她打電話給我，那時候我還在國外留學。她說昨天半夜經過公園時又看到一個媽媽跟小女孩在玩公園的遊戲器材。但每次看到那個媽媽，她頭上一定包著絲巾。

我媽媽好像覺得這樣很奇怪，所以才想打電話告訴我。可是我覺得為了這點小事打國際電話很浪費錢，而且如果是信奉回教的女性，這樣打扮一點也不奇怪，所以沒有多加理會。」

我想起之前媒體做報導，媽媽不想讓外人看到自己的臉，因此幾乎不出門，非得外出時，她一定會用絲巾把整張臉遮起來。

但是有件事情我很在意：「妳是說……小女孩和媽媽在公園玩嗎？這樣的話……」

那不會是我。我到二十五歲為止只出過一次門，也就是十歲生日那天跟媽媽去照相館，那應該是我唯一一次出門的經驗。

「小女孩看起來很開心，又是溜滑梯，又是盪鞦韆，還在沙坑裡玩沙。我媽媽雖然覺得半夜來公園玩很奇怪，最後還是沒搭話。她說看起來就像一對普通的母女。」

聽到這番話，我的心情像是被吸進龍捲風般翻騰。可是我實在不知道那究竟是不是媽媽和我，只得不發一語。

「不好意思，突然提起這個話題，你不要太在意。可能是我媽媽看錯了。」

她趕緊轉換話題：「這家甜點真的好好吃喔！」

結果我叨擾到下午兩點，喝完綠茶又喝了中式茶。

「今天聊得好開心。」

我在玄關幫喬伊裝上導盲鞍，同時向魔里道謝。

「我也很開心。」

聽起來是對方的真心話。

「很高興和你變成朋友，下次再來我家喝茶或是共進午餐吧！」

我答應魔里的邀約：「當然好啊！」

「謝謝妳請我吃天婦羅蓋飯，真的好好吃。」

「我才要謝謝你請我吃這麼好吃的泡芙。下次見囉！」

魔女魔里也對喬伊道別。我們並肩出發。

我閉上眼睛，眼前浮現半夜一名母親與幼小的女兒在公園玩耍的剪影。我告訴自己好幾次不可能，那不可能是媽媽和我。畢竟我根本沒有可以穿出門的鞋子。可是如果那真的是媽媽和我……

代表我們也曾經有過像一般母女一樣，去公園玩耍的時光。我以為溜滑梯、盪鞦韆和在沙坑玩耍，全都是夢裡發生的事，原來我也曾經有過這種時光。

我不相信那是我們母女倆。然而如果那真的是我們，實在是至高無上的幸福，至少這意味著我們之間存在的不是世人認定的扭曲關係，而是媽媽也曾經對我滿懷母愛——就算只是一剎那，就算只有一點點，我就沒有大家想像得那麼不幸。這個故事便是證明。

過沒多久，院子裡的山茶花開了。這是我和喬伊度過的第一個冬天。

童謠《下雪吧》的歌詞說「狗兒在院子裡興奮打轉，貓兒躲在暖桌裡蜷曲起身子」，喬伊是狗，卻非常喜歡鑽進暖桌裡。每次我坐進暖桌讀書，他硬是要學我，把屁股跟尾巴一起塞進來，沒多久大概又因為太熱而慌慌張張跑走，貼在地上哈氣冷卻身子。儘管如此，牠還是樂此不疲。

喬伊在家裡卸下導盲鞍時，懶洋洋的模樣一點也不像導盲犬。不知情的人如果登門拜訪，第一次見到牠時都會以為牠不過是寵物。當我說明牠是導盲犬時，大部分的人都大吃了一驚。

喬伊自己也很享受大家驚訝的模樣。當牠戴上導盲鞍時，執行任務時的認真模樣，一點也不輸給其他導盲犬。

過完年，摻雜在空氣中的香氛粒子數量越來越多。我會趁和喬伊並肩散步時尋找香氛粒子，用鼻息把香氣拉過來，吸進身體裡。如此一來，我的世界就變得更加豐富了。

那天下了睽違五年的大雪，一聞就知道外面積雪了。五年前下的雪是否正是我從閣樓伸出手來接的雪呢？

「下雪了呢！」

我凝視大概積了雪的院子，一邊對喬伊說話。牠也對我發出撒嬌的聲音。

「你想出門散步嗎？」

聽到這句話，牠又發出同樣的聲音。

「可是外面積雪了耶！你在雪上走得穩嗎？」

我一問，喬伊便興奮地用力搖擺尾巴。

「喬伊啊！尾巴搖這麼大力很冷耶！會感冒的。」

就算我笑著這麼說，喬伊的尾巴還是搖個不停。牠的尾巴像一把風扇，一直朝我吹送冷風。

「好吧！那我們去散步吧！」

喬伊聽到這句話，興奮地跳起來。我先讓牠在院子裡上完廁所再出門。

雪已經停了。外面安靜到過於安靜，完美的靜謐包圍了我倆，彷彿整個世界只剩我們一人一犬。

喬伊每走一步便沙沙作響，像是在咬蘋果。牠很喜歡吃蘋果。無論身在家中何方，聽到我站在廚房削蘋果的聲音便馬上衝來纏著我餵牠。

長靴底下傳來硬邦邦的雪地觸感。光是改變腳底的觸感，走在熟悉的路上也像前往陌生的城鎮旅行，真是不可思議。這場雪刷新了整個世界。

原本喬伊應該告訴我哪裡有高低差，現在卻因為積雪而難以分辨，正好訓練我和喬伊學習如何在積雪的道路上行走。

「Good！喬伊！Good！」

每次喬伊告訴我正確的轉角位置，我總是大力稱讚牠。

和喬伊多走幾次，我慢慢察覺轉角的位置。走在建築物或是牆壁旁總會感覺侷促；一走到轉角遇上路時，空間瞬間開闊。然而當初拿導盲杖出門時，完全吸收不到這些資訊。我或許是和喬伊散步才終於能從容不迫，感受視覺以外的資訊，逐漸鍛鍊出重新建構世界的能力。

魔女魔里家就連下雪天也散發艾絨的香氣，艾絨和白雪的氣味交雜，帶領我走進陌生的國度。

在那之後我又和魔里喝了幾次茶。她家裡隨時備有好幾種茶葉，而且每次都是以正統的方式泡茶，不是放個茶包、沖沖熱水而已。我們住得很近，所以她常常邀請我和喬伊去她家。

自從常常去她家喝茶，我發現同一個杯子倒進冷水、溫水和熱水的聲音有些許不同。我喜歡聆聽潺潺河水聲，光是聽到她把水倒進煮水壺或是把熱水倒進茶壺裡便感覺心滿意足。

魔里曾經幫我艾灸一次。我告訴她自己肩膀僵硬，她說艾灸能舒緩肩膀僵硬，當場就幫我治療了。每次想起這件事情，我總會陶醉在當時的舒服感受中。魔里化身為森林精靈的長老，用煙霧向我施展魔法，帶領我進入夢境般的舒暢境地。結束之後，肩膀瞬間輕盈起來，令我大吃一驚。

之前的印象加上這次體驗，魔女魔里家之於我就是艾草之家。每次我聞到這股氣味，肩膀總能自然放鬆。

遇見魔女魔里，和她成為朋友，是我人生中的一樁大事。無論是喬伊、小鈴還是魔里也好，我還真常遇到貴人。

走在積雪的道路上，我想著這件事，滿心感動。

蠟梅低頭綻放的黃色花朵在北風陡峭之際通知我春天即將來臨，含蓄的香氣如同稀釋過的花蜜，宣布冬天已經進入尾聲。

接下來是瑞香。

瑞香到了晚上香氣更加濃郁，酸酸甜甜的淡雅香氣帶領春天一步一步走向人間。沒多久便輪到紫玉蘭和瑞香共譜芬芳合奏曲。

紫玉蘭全部凋零之際，會散發類似香蕉的清新甘甜香氣。紫玉蘭的下一棒是含笑花。當接力棒從含笑花換到洋玉蘭時，夏天便加快腳步來了。

飄散在空氣中的香氣如同仙女柔軟的羽衣。我鎖定特定的香氣，大口吸氣。畢竟常常有好幾種氣味會飄進來，摻雜在空氣中。

如果哪家的院子飄來花香，我會走近香氣的來源，一探究竟。運氣好便能遇上人，詢問對方花的名字。跟喬伊散步幾次之後，我自然學會這招。透過花香，我一點一滴記起花朵的名字。

運氣最好的情況是院子的主人把帶枝的花分給我。我會小心翼翼地帶回家，插進花盆裡。要是幸運長出根，再移植到院子裡。如此一來，院子裡又會增加新的夥伴。

有味道的不只是花，還包括所有物體和人類。手指摸過的地方會留下指紋，人類或物體經過的地方也會留下氣味。

我慢慢發現，比起用左邊的鼻孔嗅聞，用右邊的鼻孔更能掌握第一次遇見的氣味。同一種味道可能因為嗅聞的鼻孔不同而出現微妙差異，我通常是用右邊鼻孔嗅聞時比較容易湧起好感。所以我習慣從右邊的鼻孔開始嗅聞，要是遇上喜歡的味道就會興奮到想在原地打滾，近乎昏厥。

不知從何時開始，我覺得人類就如同花束，一個人就是一把花。就像花束是由好幾種花紮成一把，每個人都有各自的氣味，混合當下的幾種味道，形成專屬的花束。有時會遇上香氣強烈華麗的人，有時則會遇上味道有些複雜的人，像是快要凋萎的花草，不過並不討人厭。

那天是夏至。

我和喬伊轉乘了好幾條線，終於來到了動物園前方的車站剪票口附近，等待對方到來。在這之前，我聽了一本關於動物園的有趣書籍，快聽完時想去動物園想去得不得了，於是徵求願意陪我去動物院的義工，而義工與我最快能一起去動物園的日子剛好是夏至。我們約好在動物園前方的車站剪票口集合。

「不好意思，讓你久等了。」

聞到氣味芬芳的花束接近，我不禁期待這個人就是今天的義工，很幸運地也正巧就是他。有些視力障礙者是用聲音決定第一印象，我則多半是用氣味。

這個人散發健康的氣味。所謂的「健康」指的是不討人厭的味道或是類似晨光的清澈香氣。

「謝謝你今天特意撥空陪我。」

我伸出右手，對方也伸出右手和我握手。這是我為了了解對方而自行發明的手段——握手後佯裝不經意地把右手舉到鼻尖，更進一步嗅聞對方的氣味。

如此一來，不需要交換名片也能把對方留在我嗅覺的記憶深處。氣味之於我是每個人的身分證。

「我叫田中理人，請多指教。」

站在我面前的這個人，聲音聽起來有點緊張。我想他年方二十五歲，身形纖瘦；說話時帶笑的開朗聲音令人印象深刻。理人這個名字像是會出現在歐美小說的角色。我記得理是理性的理，人是人類的人。

「我叫十和子，這孩子叫喬伊。」

喬伊蹲在我腳邊。我撫摸著牠的頭，介紹給對方。

我們倆恰好姓氏相同，互相叫對方田中先生與田中小姐也很奇怪，於是從一開始就以名字互稱。

「我們出發吧！」

聽到理人這麼一說，我命令喬伊起身，把右手放在理人的肩膀上。對方的個子似乎並不高。

他配合我和喬伊的步伐，緩緩走在我們前方。這是我生平第一次踏進動物園。

我拜託理人實況轉播眼前的動物在做什麼，吃飼料時又是何種模樣等等。

我希望透過親身感受動物的動靜與氣味，加上理人的說明，在腦海中營造出動物的具體形象。要是做得到這件事，想必很快樂吧！

理人不會催促我或喬伊加快腳步。平常拜託義工陪伴時，我老是對讓義工等待感到過意不去。然而和理人明明是初次見面，卻不曾有過這種罪惡感。我自己也覺得很不可思議。

或許這是因為他也很享受這趟動物園之旅吧！他很明顯不同於之前陪伴我的義工，所以我在他面前才會覺得無須客套，盡情陶醉於接觸動物的體驗。

「小猴子現在對你拋飛吻喔！」

「大象正拚命用鼻子吸沙子起來，撒在自己身上。」

「兩隻長頸鹿把腳摺起來，坐在一起冥想。」

我花了一點時間才意識到「ㄇㄧㄥˊ　ㄒㄧㄤˇ」是「冥想」。理人與其說是在解說，不如說是自言自語，既獨特又有趣。

逛到一半讓喬伊上廁所休息一下，我和理人則各自吃了冰淇淋和可樂——天氣這麼熱，人跟狗都需要補充水分。

我們一起坐在樹蔭下的長椅休息。

我熱到背上跟額頭都是汗水。可是一想到平常絕對見不到的動物就近在身邊，我便按捺不住興奮的情緒。在動物園吃到的冰淇淋，感覺也比平常更為濃郁。

風像是對我進貢一樣，恭敬地帶來動物的氣息。或許大家會覺得看不見很不方便，我卻不這麼認為。要是看得見，大概比較不會遇上可怕或討厭的事吧；但是如果看得見，並不表示這些事情會消失，甚至還可能變多。

我正是因為看不見才能自由想像。無論是大象、長頸鹿還是獅子，我都沒見過真正的模樣。腦海中的動物形象全都是出於我的想像。

雖然我看不見，卻能利用聽覺、嗅覺和觸覺等其他感官彌補視覺的不足。我的腦中有一雙透明的手，捏出我想像出來的大象、長頸鹿和獅子。要是哪一天科技進步到能把我腦袋的想像化為實物，拿給真的大象、長頸鹿和獅子看，兩者的差距一定會逗得牠們捧腹大笑吧！

「這是所謂的不服輸嗎？」

理人一定不會懂我現在想的事情，不過我還是想說出來看看。

「不服輸？」

「我覺得看不見雖然很多時候不方便，卻不是那麼不幸的事。」

我差點忘記今天是第一次跟理人見面，以為自己又回到在閣樓和蘿絲瑪莉聊天的日子。但是我跟他不過見面幾個小時，而且尚在就學的他不過是來協助視力障礙者的義工。

「這是因為十和子本身受到光的保護，或者應該說你本身就是光吧！」

「我受到光的保護？像我這樣根本看不見光的人？」

我聽不懂對方想表達的意思。

「剛剛你不是站在那等我來嗎？老實說，當我看到你時，好像看到光，真的非常耀眼。」

我回想起幾小時之前對於理人的第一印象。

這是一束健康美麗、人人喜愛的花束。可是我無法用言語順利表達對他的印象，只好大口咀嚼手上剩下來的冰淇淋甜筒。

對我來說，吃不飽比看不到可怕多了。不過是咬個甜筒，我又想起這件事。我很確定自己絕對不願意再體驗一次那種飢餓的感受。

理人開口說：「走吧！」

喬伊在我反應過來之前就先站起來了。

希望有一天我能去非洲大陸近身接觸那些自由活動的大象、長頸鹿和獅子，而不是被關在動物園柵欄裡的大家。

當我靠著自己的雙腳站起來時突然想到：儘管我知道這些夢想過於壯大奢侈，卻還是不肯放棄。另一個自己站在背後，用「這世上沒有不可能的事」這句話激勵我。

當我們逛完一圈之後，已經離約定見面的時間過了好幾個小時。我們在每一種動物面前都停下腳步，有時還坐在長椅上等動物午睡起來，花了很多時間。就連喬伊大概也累了，腳步沉重了起來。

一起走向出口時，理人向我道歉：「對不起。」

「咦？」

我找不到理人得向我道歉的理由，心想是怎麼一回事時，對方喃喃吶吶的解釋：

「因為我解說得實在太爛，根本沒幫到你。」

「沒這回事，而且我今天能來到動物園實在很開心。」

剛剛在親子區摸到的動物觸感和氣味，都還深深烙印在掌心。其實我本來還想參加騎小馬在動物園裡散步的活動，可惜能參加的只有上國中前的小孩。

雖然沒能騎到小馬，我卻親手摸到兔子、天竺鼠、山羊和驢子等動物。果然還是靠自己的雙手撫摸，感覺形狀與嗅聞氣味，才能了解動物是真實存在。同樣都是有毛的動物，大家的觸感都不一樣。就算是同一種動物，每一隻的心跳速度、呼吸、口腔散發的氣味、溫度和微微濕潤的觸感也絕不會相同。

「謝謝你。」

回想起觸摸到動物時的感動，我再次向理人道謝。他聽到這句話突然停下腳步。

「呃……」

對方的聲音聽起來像是面臨緊要關頭，我也停下腳步。

「以後我還能見你嗎？我是說不是以這種型態。」

他說得有點吞吞吐吐。不是以這種型態，也就是說不是以義工的身分陪伴我囉？雖然大腦還在思考，身體卻比腦袋快了一步。在人來人往當中，我朝他伸出右手。

理人的雙手像是鬱金香的花瓣，輕柔包覆我的右手。其實我在動物園裡走著走著，便開始期盼還能見到這個人，要是能再見到一定很高興。

我們一起走過從動物園到車站的短短路程。

「你真是左右逢源呢！」

我說這句話是開玩笑，理人卻沒有任何回應。

我們在車站道別。上電車之後，我聞了好幾次右手掌心。除了今天的光、風和動物，還有理人的氣味交織在我手上。嗅聞的瞬間我好像看到了彩虹，而且還是連霓都一起出現的彩虹。

可能是在外面待得太久，喬伊累到把我的球鞋當作枕頭靠著睡，還發出鼾聲。坐在一旁的女高中生看到這番景象，笑了起來。國中生跟高中生很難分辨，不過仔細分析氣味，我還是多多少少能猜到是哪一邊。喬伊不管身在何處，都能趕走陰沉的氣氛，帶給所有人歡樂。

真正的光不是我，而是喬伊。我沒辦法像太陽一樣自體發光，能每天笑著過日子都是喬伊的功勞。

我也打起瞌睡來，不過還是集中精神聽車上的廣播，以免錯過轉乘的車站。

閉上眼睛，浮現眼前的是童年時坐在閣樓房間，抬頭仰望天空的側臉。那個孩子的頭髮隨風飛揚，一心一意仰望藍天。要是我告訴當年那個孩子，有一天你會如此幸福，對方會相信嗎？

從那天開始，我整個夏天幾乎天天都跟理人膩在一起。他是研究所學生，又已經確定畢業之後要繼承家業當旅館老闆，有的是空閒陪我。

他帶我去參觀美術館，絞盡腦汁用言詞向我解說眼前的畫作和雕刻。畫作和雕刻不會移動，也無法用手觸摸。比起去動物園，我總覺得有些無趣。但是重點不是我能欣賞幾件作品，而是和理人約會——而這就是我人生的大事了。

比起欣賞藝術品，我更喜歡美術館附屬咖啡廳的氣氛。參觀之後，我會帶著喬伊和理人去咖啡廳休息。美術館裡咖啡廳的天花板通常挑高又開闊，就連其他客人吱吱喳喳的聊天聲聽起來都像交響樂團的悅耳演奏。溽暑的炎熱午後走進冷氣強烈的咖啡廳，想必怕熱的喬伊也覺得很舒服。

我向魔女魔里報告交了男朋友，於是她把她以前的浴衣與腰帶送給我。那天她幫我穿上浴衣，我因此參加了生平第一次的煙火大會。

基本上出門約會時都會帶上喬伊。但是去看煙火那天，考慮到喬伊可能會害怕，還是請牠留在家裡看家。理人的手臂取代導盲杖，帶領我緩緩前進。和他手勾手走在一起的這段時間也很珍貴。

煙火真的好美。這也許是我的錯覺，然而欣賞煙火時我感覺到光線明暗，震耳巨響也刺激得五臟六腑產生共鳴。想像盛開於夜空中的壯麗花朵同時引發感動與驚恐的情緒，令我不知該如何是好。淡淡的火藥氣味也刺激了怕火的本能。

我是在煙火大會結束後回家的路上，第一次聞到理人脖子的味道。當時我模仿喬伊快速激烈吸氣，把所有充斥對方氣味的細微粒子全部吸進鼻腔裡。接下來則是細細汲取臉龐的氣味。

我們坐在公園的椅子上靜靜接吻時，我回想起當年和蘿絲瑪莉的初吻。當時我就只有這麼一個稱得上是朋友的對象。

回到家脫下球鞋，換下浴衣，帶喬伊去散步又餵完零食之後，我們靜靜挨著彼此，默默擁抱對方，就這麼一直抱下去。

「這樣子好像看得到你的臉。」

我們擁抱的時間漫長到化為兩尊雕像。這段時間，我以雙手細細探索理人的臉龐。下巴、喉結、耳垂、嘴唇、眼皮、顴骨、頭髮。

探索完臉部之後，我的雙手延伸到全身上下。

我的臉頰與掌心滑過對方的身體表面，找出所有「滑溜溜」的地方。然而同樣是滑溜溜，媽媽和理人的彈性有如天壤之別。

「男人跟女人的身體果然不一樣呢！」

我當下的心情跟發現新大陸的哥倫布沒兩樣。理人聽到這句話時伸手撫摸我，像是在誇獎。

我探索完之後，輪到理人探索我身體的每一個角落。原來我身體裡有這麼幽深的洞穴。身體隨著對方手指動作，一點一滴地融化。

我們對彼此一無所知，整個夏天不斷渴求彼此與滿足慾望，如同相信身體交疊便能縮短彼此的距離，最後身心終能合而為一。

理人是在我們認識兩個月之後告訴我那個印地安人的寓言。當時我們躺在床上，一絲不掛。

他開口得很突然：「有個年紀很大的老爺爺，養了一隻很老的驢子。有一天驢子掉進一口古井裡爬不出來。

驢子又害怕又難過，於是哭了起來。老爺爺看了很難過，可是驢子就是爬不出來。再這樣下去，搞不好下次就是小孩子掉進去了。老爺爺於是決定把古井填起來。」

「那驢子呢？驢子不是還活著嗎？」

我追問時，掌心回憶起在兒童動物園摸到的驢子溫度。

「但是老爺爺實在沒辦法，只好叫人來幫忙，從上面倒土下去，決定要連同驢子把整口井填起來。」

「太過分了。」

如果是喬伊落到井裡，我一定會跳進井裡陪喬伊，思考怎麼把牠救出去。老爺爺卻眼睜睜看著驢子犧牲，我實在無法接受這種情節。

「但是厲害的是之後的發展。」

理人用手指纏繞我的頭髮繼續說：

「驢子不是呆呆等著泥土和石頭淹沒自己，而是把背上的泥土跟石頭抖下來，慢慢填高井底站上去。原本井底深到牠根本無法自行爬出來，最後卻高到能輕易爬出來。」

「然後呢？」

我沒想過居然是這樣一番轉折，迫不及待想知道後續。

理人繼續說下去：「驢子最後爬出古井，頭也不回地走了。」

我想像驢子的心情開口問：「牠頭也不回是因為再也不會回到老爺爺身邊了嗎？」

理人沒有明確回答我：「應該是吧？」

理人知道我的過去，我沒有特意告訴他，而是隨口提到一些往事時，他立刻表示自己早就上網搜尋過事件細節了。

我想過要是會因為這件事分手，不如在剛交往時被甩。知道他早就清楚這一切，我反而鬆了一口氣。他告訴我，我的過去不會影響我們的關係。然而他現在提起這個寓言，或許是暗示我還是有所影響。我不清楚他心裡究竟在想什麼。

「遇到你之後，我想起這個寓言，覺得你跟那頭驢子一樣積極堅強。」

其他人也曾經這樣說過我。可是我從來不覺得自己是什麼積極堅強的個性，變得比以前正面積極也是遇上喬伊之後的事了。多虧喬伊出現，帶領我走向光明。

然而遇上喬伊之前，我一點也不正面積極。畢竟原本一直處於黑暗當中，不但不知道光在何處，連前後左右都分辨不出來。

「我那時候很膽小又怯弱。可是身邊沒人幫我，我只能靠自己。」

所以我為了活下去，什麼都撿起來，什麼都塞進嘴裡。

「我想，『故事』也有一份功勞吧！」

我不知道媽媽當初是懷抱何種心思念故事給我聽，可是當年記起來的那些故事拯救了我，真的如同字面所言，拯救了我的性命。無論現實生活多麼艱辛，心靈都能躲進故事的世界休憩。如果奪走這些故事，我可能早就失去求生意志了。

我告訴理人：「故事是我的救命恩人。」

如果故事有具體的模樣或是形體，我應該會把它抱在懷裡，讓它吸吮我的乳房，用手溫柔呵護它，就像我對理人做的一樣。

後來我們輕輕接吻，手牽手睡著了。

我們每天一定會上床一次。雖然沒有特別約好要這麼做，結果卻總是如此。當我們赤身裸體擁抱時一定是全心全意對待對方，從未隨便怠慢。

想這麼做的不只是我，還有理人。他用渴求我填滿無限的空白。每當他在耳邊問我是否舒服時，我只能點頭回應，真叫人害羞。

這就是我們的戀情。我想更進一步了解他，所以經常渴求與他連結。

「十和子，你想過要自殺嗎？」

理人是在季夏時分的傍晚問我這個問題，當時我倆交疊連結，合而為一。

我一邊努力回想，一邊回答：「沒有耶！」

「那你呢？」

「有啊，想過好幾次。但是遇上你之後，再也沒想過了。」

理人似乎在哭。我朝他的臉伸出舌頭，用上下唇溫柔吸吮淚水。他的淚水在我舌頭上蒸發。我不知道該怎麼形容，不過他和媽媽的淚水味道明顯大相逕庭。我原本以為眼淚的味道都一模一樣，這還是第一次發現其實各有千秋。

「好癢喔！」

我撫摸著理人的頭髮發出呻吟，回想起小貓小灰也曾經對我做過類似的事。發癢的感覺逐漸化為愉悅。

回憶過去，我好幾次都差點就死了。可是我從來沒想過要自殺，畢竟我打從一開始就沒有自殺這個選項。

我在理人懷裡發現不是只有明眼人才擁有光明人生。我的人生不會因為我看不見就陷入黑暗，人自己就能發出光芒。因為我和理人身體交疊時，總會感覺到光芒。

這是理人教會我的事。

到底我還要跟他交纏幾次才會覺得再也不需要合而為一了呢？

我想自己早就明白會迎來這一天。畢竟我和理人都太心急了，急到從途中就跟不上進展。短暫的夏日戀情如同玻璃碗裡的剉冰，轉眼間便消失得無影無蹤。

我脫下襪子，赤腳走進院子，在院子裡待上一整天。院子裡的白蝶草開了花。我想會叫這個名字應該是花朵形狀類似蝴蝶，模樣楚楚可憐吧！但是白蝶草的花語是「閃電戀情」，這種說法真是太殘酷了。每次腦海浮現這句花語，我老是覺得觸霉頭，想要吐一口口水。

我沉浸在熱戀的期間荒廢了園藝工作，院子裡雜草叢生。拔草的時間正好讓我用來冷靜思考理人究竟哪裡吸引我。

和他約會的確很愉快，一同觀賞他推薦的動畫電影，聆聽他隨隨便便的解說也很有趣。我還在他身上學會如何藉由別人的身體來取悅自己。

而且自從認識理人以來，我打從心底愛上夜晚。想到我倆凝視的是同一個世界，心靈便感到前所未有的沉穩平靜。

然而帶來這些體驗的人一定得是理人嗎？我怎麼也想不到非他不可的理由。理人恐怕也沒有理由非我不可。

理人離開之後，院子裡的昆蟲彌補了多出來的時間，每天都有許多訪客來到院子裡——雖然牠們可能覺得我才是外來者。

螳螂、瓢蟲、青蛙、蝸牛。

每當發現訪客時，我總會輕輕抓住牠們，用智慧型手機拍下牠們的身影，利用APP來辨識。要是拍得好，就能知道大家的名字。蝴蝶與蟬的動作迅速，往往抓不到，如果是移動得比較緩慢的生物，每十次大概有一次拍得清楚。

我因此建立起與昆蟲的友誼。

有時我會用掌心包覆人生已經進入晚年的蟬，想像生命是如此短暫脆弱；即將氣絕的蟬拚命想逃出掌心的模樣也惹人憐愛。當我把蟬拋向空中，牠便擠出最後的力氣振翅高飛。

這正是填補短暫夏日戀情消逝後的好消遣。

「初戀通常就是這麼一回事啦！」

我向小鈴隨意報告一些夏天發生的事情，她乾脆地如是作結。

小鈴身邊有兩張疊起來的坐墊，上面睡著她一歲大的兒子。小嬰兒旁邊是喬伊。牠似乎很在意小嬰兒的氣味，從剛才開始就片刻不離。我不知道該怎麼對待一歲的小嬰兒，還沒有過任何接觸。

小鈴今天帶兒子來我家玩，我端出麥茶請她喝，繼續說下去。

「初戀就是這麼一回事嗎……」

我隔了一會兒才回答。風鈴開始發出聲響，室外還是悶熱到絲毫沒有秋天的氣息。

「光是我們姓氏一樣這點，就讓我覺得遇上他是命中註定了。」

每當沁人心脾的鈴聲響起，總會叫我想起在理人懷裡看到的幻光。我的舌頭還記得他汗水與淚水的滋味。

「你想想全日本有多少人姓田中啊？你遇上另一個田中的機率當然比較高。每遇到一個田中就陷入戀情，那還了得啊！」

小鈴一副不以為然的樣子。

「可是……」

我還是無法放下，無法接受用一句「閃電戀情」交代我們之間的關係。

「小十，這種事情很常見的。那個叫理人的男人想當電影導演對吧？他接近你是為了採訪啊！趕快忘掉那種厚臉皮的傢伙吧！」

理人的確跟我說過他想存錢拍電影，繼承老家的旅館也是為了存拍片費用。

他在分手之際說過「所以我對看不見的人有興趣」，我一直不想深究這句話的意思，小鈴卻大剌剌地把這件事情說出來。

其實我的年紀比小鈴大，她卻還是跟過去一樣把我當作妹妹看待。

「不過他人很溫柔——」

儘管小鈴說的都沒錯，我還是不想說理人的壞話。雖然我們只談了一個夏天的戀愛，短暫的戀情也有短暫的戀情特有的酸甜滋味。這就是我的初戀。

「不過好險那個叫理人的男人不是什麼超級大壞蛋，小十不可以因為男人甜言蜜語就出錢包養喔！」

小鈴擺出姊姊的架子教訓我。說什麼包養呢？我哪有那個錢。

「那我該怎麼分辨好人還是壞人呢？我又看不見。」

我乾脆直接發問，也許小鈴願意告訴我正確答案也說不定。結果她的回答是：「小十啊！看人不是看外表，而是內在。例如這個人怎麼看事情，以前有過什麼經歷，抱持什麼樣的價值觀，金錢觀念和自己是不是接近等等。你不覺得這些事情很重要嗎？」

我和理人在一起可不是看中他的外表，不過我刻意不反駁，畢竟我本來就看不見，根本不可能憑外表來判斷人。

我又問了：「可是所謂的價值觀，不聊怎麼會知道呢？」

小鈴開始說教起來：「所以一般是從聊天開始，聊了很多之後才脫衣服上床，不是看氣氛就上。像你這樣一開始就用肢體溝通實在是大膽過頭了。」

面對小鈴，我什麼話都說得出口。所以我對她老實招認：「可是我回過神來時就已經很想做了，我自己也控制不了。畢竟每次做我都覺得整個身體舒展開來很舒服，他也咻地一下就進來了。」

「喂！」

小鈴的口氣像是受不了這番發言。

「身為一個生過孩子的媽媽，我超羨慕咻地一下就進來好嘛！我每天帶小孩累個半死，根本沒有餘力跟先生卿卿我我，也沒感覺了。」

我大吃一驚：「咦？已經沒感覺了嗎？妳之前明明那麼喜歡他。」

「這很正常好嗎？心動只有剛開始的三年——不對，應該更短。」

小鈴的聲音夾雜嘆息。

「不過看到你這麼有精神，真是太好了！」

小鈴大口喝下麥茶，語氣出現一百八十度轉變。

我裝出不知情的樣子反問她：「有嗎？變化有這麼大嗎？」

「你當然變啦！根本變成另一個人。回想起你剛到兒童之家的時候……」

小鈴說到這裡突然捧腹大笑。

「我那時候怎樣啦！趕快告訴我！」

「那我老實說囉！那時候你簡直像隻樹懶。」

「樹懶？你是說住在動物園裡的那個樹懶嗎？」

我的思緒瞬間回到夏至那天造訪的動物園。那天我沒能遇到樹懶。牠一直掛在樹上，從我們的位置根本看不到，所以我連牠的氣息都感覺不到。記得當時理人為了向我解釋樹懶究竟是什麼樣的動物還費了一番苦心。

話說回來，我回家之後查詢關於樹懶的資料，發現樹懶幾乎都在樹上，不會下地走路。如果真是如此，兒童之家剛收容我時，我的確跟樹懶沒什麼兩樣。

「可是現在你已經脫胎換骨，美麗到令人無法直視。你真的付出很多心血呢！」

小鈴突然誇獎我，害我差點掉下淚來。一路以來沒有人這樣誇過我，我自己也不曾如此覺得。然而能走到今天這一步，我的確付出很多心力，至少我可以稱讚自己。

「這都是因為有妳和喬伊陪伴我。」

我用手指隱藏奪眶而出的淚水，一邊回答小鈴。本來我還想加上理人，怕小鈴又生氣就算了。但是我自己很清楚，理人也曾經對我的人生有所貢獻。多虧他出現，我才能自己撞開門扇，進入原本一無所知的新世界。

當我還是樹懶時，根本沒想過有一天會跟小鈴聊起戀愛的話題，但是人是會改變的，我現在正用自己的人生證明這件事。

當天晚上，小鈴和她一歲的兒子在我家留宿。

我在自己的床旁邊鋪了墊被給小鈴和她兒子，像過去一樣一起排排睡。關上燈過了一會兒，聽到小鈴開口：「小十，你睡了嗎？」

「我還醒著。跟妳在一起就好開心，興奮到睡不著覺。」

一聽到我這麼說，小鈴也以撒嬌的語氣回應：「我也是。」

雖然只有一下子，不過這一瞬間我覺得小鈴像是我可愛的小妹妹。她繼續以蜜糖般的聲音說下去：

「我覺得啊，你一定也有所謂的靈魂伴侶，所以遇上那個人之前都不可以放棄喔！」

「靈魂伴侶？」

「就是靈魂的另一半。因為原本是一個靈魂，所以總有一天會遇上對方。」

「像我這種人也有靈魂伴侶嗎？」

「當然有啦！一定有的。只要你跟對方願意，也能懷孕生子，成為一個好媽媽。這樣你就能覆蓋掉過去的記憶了。你一定做得到這件事。你就是為了這個目的才生存下來的。這世上一定有很多跟你相同境遇的小孩，可是他們還沒獲救就喪命了。你能活下來一定是神明保佑你，要你活下去。所以你必須完成自己的使命。現在這個社會上還有許多因為父母虐待而受苦的孩子。」

我沒辦法想像自己成為人母的模樣。儘管現在已經比當初有精神得多，站在客觀角度來看還是稱不上健康。例如忘記吃鎮靜劑就沒辦法好好生活，月經來得斷斷續續；而且建立家庭需要經濟基礎，生孩子也是件花錢的事。現實生活中，錢不可能從天上掉下來。我多多少少也明白社會有多麼嚴苛，光憑大家的好意無法生活。

但是小鈴現在這番話最能打動我的心，唯有像她這樣熟知我的人才能說出這番話。這真是最棒的禮物了。

「謝謝。」

我在半夢半醒之間告訴小鈴那個老人與驢子的寓言。

她一邊點頭應和一邊聽。

說著說著，我覺得自己好像變成那隻掉進井裡的驢子。石頭和土塊落在背上，實在痛得不得了。然而最痛的不是石頭打到背，而是丟石頭的人居然是最信賴最心愛的老爺爺。

可是仔細看看老爺爺的臉就會發現他也是強忍心痛在做這件事。土塊和石頭越堆越高，我離老爺爺也越來越近。

我抖去堆在背上的泥土，朝地面踏出一步，就像那天烏鶇合唱團的歌聲引導我走出家門一樣。

理人說驢子最後沒有回頭便離去，我本來以為這代表驢子下定決心要離開老爺爺。可是我現在明白驢子真正的心情了。牠其實很想回頭看老爺爺，卻又怕得不敢回頭。要是回頭時沒看到老爺爺，今後得一輩子承受更為沉重的哀傷活下去。所以牠為了保護自己，忍住回頭的渴望，頭也不回地向前走。

「乖——乖——乖——乖——。」

小鈴的低喃聽起來像在說夢話。好像在哄我，又好像在哄身邊已經發出鼾聲的兒子。

難得小鈴來一趟，我本來希望是由烏鶇合唱團的歌聲喚醒她，結果她兒子在那之前就哭了起來，慌慌張張地拉開一天的序幕。我直到最後都沒能觸摸小嬰兒，或許是因為他總會叫我想起兩個哥哥的人生。

小鈴和兒子離開之後，院子又迎來新的季節。

九月底感受到秋天氣息時，市公所社會福利課的輔導員聯絡我，表示有東西想交給我，希望我去一趟。

幾天後造訪市公所，對方馬上帶領我進入包廂。我坐了一會，之前打電話給我的女性走了進來。她說她叫「ＥＩＫＯ」。ＥＩＫＯ可能寫作英子，也可能是榮子，可是我怎麼聽都覺得像是個代號「Ａ子」（譯註：這幾個名字在日文發音相同）。

她突然開口：「您還記得十歲生日那天的事嗎？」

「我記得很清楚，因為那天媽媽特地幫我化妝。我還換上可愛的洋裝，讓媽媽抱出門。」

十歲生日那天的情景直到現在都還刻劃在我腦海中，恍如昨日。我回想起當天要出門時媽媽才發現沒有我的鞋子，還慘叫了一聲。

「當時您心情如何呢？跟令堂出門很高興嗎？」

「不。」

那天我一點也不開心。

「方便告訴我當時的心情嗎？」

「我覺得從四面八方傳來許多聲音，好像走上戰場，害怕得不得了。」

「當時的令堂呢？」

我到現在都還記得媽媽掌心的觸感。她一直發抖，抖到像寒冷打顫的雛鳥；濕漉漉的掌心全是手汗。或許她也在害怕什麼。

「我不知道。」

「您也不知道嗎？那麼您還記得在照相館拍照的事嗎？」

「我還記得。」

當時如同球狀物體破碎的快門聲至今記憶猶新。

我拍照時緊緊攀著媽媽的上半身。她的身上有著醉人的芬芳，我把臉埋在那股香氣裡。靠著香水味，告訴我媽媽身在何方。

拍完照之後，我們哪裡也沒去就回家了。我記得回到家之後自己鬆了一口氣。

「這是您當時與令堂拍攝的照片。」

「我可以摸摸看嗎？」

對方表示當然可以，把照片放到我手邊。

照片夾在兩片大大的方形厚紙板裡，我先從厚紙板開始摸起。

「您是在哪裡找到這張照片的呢？」

「我是在令堂的五斗櫃裡找到的。」

徹底摸完之後掀開厚紙板，發現裡面是一張輕薄柔軟一如紗布的紙張，紙張下方是冰涼的照片。

我把掌心輕輕放在照片上。媽媽就在相片裡，媽媽抱在懷裡的我也在相片裡。

我對媽媽的印象還儲存在腦海中。我用掌心「看過」媽媽成千上百回，所以清楚記得她眼睛大、鼻樑高、頭髮長、臉頰柔軟。可是無論我如何用掌心撫摸照片，都感覺不到媽媽的模樣，也感受不到自己的長相。我不知道自己長得什麼樣子。

A子又開口：「照相館老闆記得令堂和您造訪的情況，她說是一對很美麗的母女，所以印象很深刻。」

當時的我是個透明人，不能讓任何人知道我的存在。正確來說是只有媽媽才可以看到我。

「您會把照片帶回家吧？」

A子的語氣似乎隱含了什麼。她身上微微散發牙醫的味道。

「會。」

簡潔俐落地回答之後，我起身離席。此時我忽然想知道當年穿在身上的洋裝究竟是什麼顏色。原本趴在腳邊的喬伊也無聲無息地快速起立。

我突然開口：「照片裡的我穿的是什麼顏色的洋裝呢？」

我們之間暫時陷入沉默。她沒有回答我的問題。

我更進一步詢問：「是鼠灰色嗎？」

「鼠灰色？」

對方似乎覺得我的提問很不可思議，重複我說的話。我試著向她說明鼠灰色。

A子說：「您是說灰色？鐵灰色？灰白色？可是這幾個顏色都不對。」

她說完之後，告訴我十歲生日那天穿的洋裝真正的顏色。

「這張照片還給您。」

A子把照片放進信封給我，我收下後放進背包裡。她剛剛告訴我的顏色根本不是鼠灰色。

我精神奕奕地對喬伊下令：「喬伊，GO！」背上是二十年前的媽媽與我。

雖然稍微繞了遠路，我特意走到河邊的道路。水聲一點一滴撫平了我的心靈。我像是念咒似地出聲提醒自己：放鬆、放鬆。

走到家附近，傳來桂花的香氣。桂花的香味像是一個毫無戒心的人挨著別人撒嬌。但是花差不多該謝了。我朝天空抬頭，尋找香氣的膠囊粒子。

我深深吸進桂花的芬芳，心情像是在大白天尋找星星。

四季繼續遞嬗。

當我站在廚房準備做晚飯時，門鈴突然響了。我走到玄關開門，發現門後面站的是魔女魔里。我趕緊打開玄關燈。她跟平常一樣散發艾草的氣味，所以不用說話我也知道是她。

魔里劈頭就說：「一切都結束了。」

喬伊本來躺在暖桌附近打瞌睡，一發現客人是魔里便馬上衝過來。脖子上的鈴鐺發出快活的聲響。魔里餵零食時總是很大方，想必是喬伊心目中最愛的偶像。

「啊！不好意思，今天沒帶零食來——」

魔里蹲下來撫摸喬伊的身體，一邊向牠解釋。喬伊似乎聽懂了這句話，踩著無趣的步伐回到暖桌附近。

「一切都結束了呢！」

我重複魔里剛剛說的話，慢慢走近，輕輕以雙手環抱她。這是我第一次擁抱她，不過我想不出來還有什麼其他方式能表達自己的情感。

我一邊感受魔里冰冷的臉頰，由衷慰勞她：「你辛苦了。」

「要不要進來坐一坐呢？」

我緩緩放開魔里，邀請她進門。

「謝謝。」

魔里說完之後，坐在我放在玄關的椅子上解開鞋帶。

我晚餐打算吃牛肉蓋飯。當我帶領魔里走進客廳時，牛肉蓋飯煮好的熱氣充斥整個房間。我突然想起室內應該烏漆墨黑，趕緊打開客廳的燈。平常總以環保為由，燈光都控制在最低限度。

這是魔里第一次來我家。之前她都得待在家裡照顧母親，只有當居家照服員前來時才能稍微外出一下。

所以我們見面時一定是我去魔里家，由她招待我喝茶或是共進午餐。她總是很歡迎我和喬伊造訪，說是正好調劑身心。其實比起我們上門，她更想自由外出吧！但是這種日子也到今天劃下句點。

這種時候或許該說「願令堂安息」或是「節哀順變」的話，然而各種心緒卻糾結在心頭，怎麼也說不出口。

所以我也泡起茶來，就像平常魔里招待我喝熱茶一樣。說歸這麼說，我家只有超市買來的茶包，不像她隨時備有各式各樣招待客人的好茶。

儘管如此，用心泡總會稍微好喝一點吧？我於是特意費心思泡茶。在等待茶葉悶好時，我順手掀開鍋蓋嘗嘗滷牛肉的味道——看來得滷久一點才會入味。

「不好意思，只是普通的紅茶。」

我把紅茶倒進馬克杯，遞給魔里。

「謝謝。」

她靜靜說完之後，拿起馬克杯，送到唇邊。

「啊——真好喝。」

她的語氣充滿真心誠意，連我都覺得自己泡的茶比平常好喝了。這或許是魔法也對我生效了吧！魔里果然是會施法的魔女也說不定。至少她的魔法在我身上充分發揮效力。

她突然喃喃自語一句：「我好久沒這麼悠哉地喝別人泡的茶了。」

我雖然看不見她臉上的表情，光憑沉重的聲音就能明白她為了照護母親犧牲了自己的人生。

「我算不上是個好女兒。」

魔里靜靜地說起自己的故事：

「我媽媽算是情感比較強烈的人吧？無論是對爸爸還是我，她都付出太多情感了。所以明明很愛我們，卻因為愛過頭而逼得我們窒息。

爸爸想辦法接納了媽媽近乎束縛的愛情，我可能因為性別相同的關係，一遇上事情就和媽媽起衝突，沒辦法好好相處。她連我穿什麼、跟誰見面、吃了什麼，通通都要管。我實在痛苦得不得了，於是以出國學琴為由，不到二十歲就逃離家庭。那時候我真的好認真練琴，因為這是擺脫媽媽最好的方法。當初我本來打算一輩子都不要回老家了。」

定時好的電鍋開始煮飯。我坐在椅子上伸直腳尖，調高電地毯的溫度。她繼續說下去：

「當爸媽還硬朗時，我離家遠遊不但一點問題也沒有，反而因此有幸接觸歐洲文化，能盡情揮灑自我。媽媽再怎麼想干涉也無法徹底管束遠在天邊的女兒，留學造成的距離大幅改善母女關係，有一陣子甚至進入休戰期。她每星期都會從日本寄米等生活用品來給我，生活因此輕鬆方便很多。我學會接受這種表達親情的方法，也終於對她的行為湧起感謝之意。後來我也結婚生子，深深體會到養小孩是件多麼辛苦的事。可惜我與媽媽的和平時光轉眼間便結束了。」

「是自從令尊生病之後吧？」

我是第一次與魔里見面時，從她口中得知事情的經過。

「對。當我回過神來時，已經回到那個當年恨不得逃離的老家，陷入泥沼，無法動彈。爸爸過世之後兒子離家獨立，最後家裡就剩我和媽媽兩個人。而且爸爸走了沒多久就換媽媽臥病在床，常常半夜叫我起來服侍她。我被吵得很煩，過去的感謝之心都化為厭惡之情。我甚至認真想過要在她飯裡下藥，慢慢毒死她。

我或許一直期待媽媽總有一天會認錯，打從心底向我道歉。可惜這件事最後也成為無法實現的夢想。」

要是魔里沒告訴我這番話，我一定以為她是個孝順的女兒，處處為父母著想。

「可是啊……」

魔里說著說著，聲音出現一絲光明：

「媽媽慢慢退化，變得像小孩子一樣，連我是誰都不認得。想到原本總是擺出家長架子的人要是沒有我就連飯都沒得吃，第一次覺得她其實很惹人憐愛。那種感覺就像你無條件地疼愛喬伊一樣，我對媽媽的愛也超越了母女親情。老實說看到媽媽逐漸失去原本的威嚴，我也鬆了一口氣。看到這個人不但再也無法左右我的人生，反而輪到我來主導她的人生，我莫名安心又產生一股優越感。」

我聆聽魔里傾訴時，想起自己的媽媽：她現在在哪裡呢？是不是為了贖罪而住進不得外出的小房間裡呢？既然我長了年紀，媽媽當然也變老了。

但是對於現在的我而言，媽媽遙遠一如相隔好幾億光年的行星。

電鍋即將煮好飯，散發米飯的強烈香氣。牛肉蓋飯香氣的膠囊粒子在空氣中紛紛破裂，我要是不用力控制肚子，一個不小心就要叫起來了。

「嗶嗶，嗶嗶，嗶嗶。」

電鍋煮好飯的警示聲和飢腸轆轆的肚子聲響同時傳進我耳裡。我一時之間以為是自己的肚子叫了起來，趕緊用力壓住。結果聲音的主人不是我也不是喬伊，而是魔里。

「我肚子餓了。」

她的口氣聽起來很淘氣調皮。

「你在做牛肉蓋飯吧？我來的時候就注意到了。」

「不好意思。」

我忍不住道歉。魔里的母親過世和牛肉蓋飯一點也不搭，我總覺得在這種日子煮牛肉蓋飯對她很抱歉。

我附和魔里的話：「的確是到肚子餓的時間呢！」

煮好的白飯香氣和滷牛肉的濃郁滋味相輔相成，刺激得我飢腸轆轆。

「你要不要吃了再走呢？雖然我今天煮的是牛肉蓋飯。」

我姑且問了問。畢竟我總覺得至親過世的當天晚上吃牛肉蓋飯很奇怪。但是魔里開朗地回應了我：

「要要要！我要吃你做的牛肉蓋飯！」

聽到魔里精力充沛的聲音，我不禁笑了起來，她自己也笑了。

「需要我幫忙嗎？」

「不用不用，我都煮好了，而且還煮了很多。」

我一邊說，同時準備人類的晚飯與喬伊的飼料。

魔里幫忙盛飯和裝牛肉，我則負責舀味噌湯。我只有一個湯碗，所以把平常用的湯碗讓給她，自己則用前天小鈴送我的咖啡歐蕾杯。

最緊張的是我到現在都還煮不太好淋在牛肉蓋飯上的滑蛋。但是我一心一意想讓魔里吃到最美味的牛肉蓋飯，所以小心翼翼地把蛋液倒進小鍋子裡。小鍋子裡還有一些滷汁，最理想的狀態是滷汁和半熟的蛋液均勻混合。我上次加熱太久，成品硬到像板豆腐；上上次則是火關得太早，吃起來跟生蛋沒兩樣。

我默默祈禱滑蛋要加熱得恰到好處，豎起耳朵聆聽鍋子裡傳來的聲音，又把嗅覺的敏銳度放到最大，全心全意注意火候。等到蛋液因為鍋子導熱而凝固的那一剎那，用炒菜的長筷子迅速攪拌一下，趁熱倒在牛肉蓋飯上，同時想像我們各分一半的滑蛋。

我把裝了牛肉蓋飯的碗公放在魔里面前：「讓你久等了。」兩人面對面開動，喬伊也埋頭吃起自己的飼料。

當我吃到一半時，一直沉默不語的魔里突然開口。我好不容易吃飯速度終於慢到跟正常人一樣了。

「我好想讓媽媽嘗嘗這碗牛肉蓋飯喔——」

聽到魔里的聲音，我才驚覺她原來在哭。

「因為這碗牛肉蓋飯實在太好吃了，她根本沒吃過這麼好吃的牛肉蓋飯。她那麼喜歡吃肉的人，後來卻越來越吃不了。唉，我是怎麼了啊？她走了之後都沒哭過，來到你家吃牛肉蓋飯卻忽然想起很多往事。我控制不了情緒了。

小十對不起，可以讓我盡情哭一下嗎？」

魔里明明已經哭了起來，卻還徵求我同意。她一說完這句話便放聲大喊：

「媽媽——！」

她嚎啕大哭到喬伊嚇得貼到我身上來。我有點驚訝原來成年人也會哭成這樣。我後來遞給她整盒面紙，她瞬間抽抽噎噎地回到現實：「面紙太浪費，給我廁所用的衛生紙就好」。我於是拿來新的廁紙，放在她的牛肉蓋飯旁邊。

「你不用管我，繼續吃吧！」

我正在煩惱該摩娑她的背好呢，還是說點什麼安慰的話好呢，聽到她這麼一說，才恍然大悟她想一個人沉浸在悲傷中。我於是端起剩下來的牛肉蓋飯，慢慢地吃將起來。

果然今天晚上吃牛肉蓋飯是對的。如果今天晚上吃的是滷魚或是湯豆腐，或許魔里就無法徹底釋放情緒了。但是換個角度，就算今天吃的是滷魚或是湯豆腐，還是會有什麼東西牽動情緒，讓她跟剛剛一樣嚎啕大哭，嘶喊媽媽吧！

剛剛放在牛肉蓋飯上的滑蛋熟度恰到好處，可以說是我生平煮得最棒的一次，連我都想給自己打滿分。

魔里剛剛說想讓她媽媽嘗嘗我做的牛肉蓋飯。我以前從沒想過要讓媽媽吃吃看我做的飯，那句話卻讓我突然想起媽媽。要是我知道媽媽也在哪裡餓著肚子，一定會把剩下來的牛肉蓋飯全部塞進保鮮盒，帶著保鮮盒跑去找她。

「我沒事了。」

魔里豪邁地擤完鼻涕，聲音大到整個里的人都聽得見。哭完之後，她再度拿起筷子，把剩下來的牛肉蓋飯都「掃」進嘴巴裡——我感覺到她的吃相真的豪邁到只能用「掃」這個字來形容。她接著精神奕奕地對我說：

「再來一碗！」

我用雙手接過吃得一乾二淨的碗公。

「不過我再吃下去的話，會連你明天的份都吃掉吧？」

「沒關係，我再煮就好了。」

我一邊說，一邊把飯與牛肉盛到碗公裡。

「不好意思，已經沒有滑蛋了。」

聽到我道歉，魔里用鼻音對我說：「沒關係，沒有滑蛋也很好吃。」

我把鍋底的滷汁全部淋到沉重的蓋飯上，用雙手遞給她。

魔里一邊客氣地說「我開動了」，一邊拿起筷子。

「我總覺得媽媽好像在耳邊輕聲對我說：『連我的份一起吃吧！』」

魔里這句話很有意思，讓我想起之前小鈴來過夜時，告訴我懷孕時覺得自己遭到食慾操控好可怕。

「你這樣好像孕婦喔！」

魔里同意我的看法：「你說得沒錯。成為無父無母的孤兒之後，我或許又懷孕了，搞不好我接下來一輩子都是孕婦。」

俗話說人死後會一直活在與他有緣的人心中，指的或許就是這麼一回事。

「謝謝招待，我好飽喔！撐到都吃不下，覺得快生了。」

魔里撫摸自己的肚子一會兒，又緩緩嘆了一口氣。

在人家母親過世後說這種話或許很失禮，不過她吃完晚餐之後，整個客廳充斥著心滿意足的安穩氣氛。這麼說來，今晚應該是滿月。

「今天來找你真是太好了。媽媽走了，我再也不用隨侍在側。當我發現這件事時，第一個想看的就是你家的院子。」

魔里坐在玄關綁鞋帶，準備回家時如是對我說。

「你每次講到院子的事總是一臉幸福的模樣，所以我一直很想看看你家院子。」

「是啊！不過今天……」

我正要說今天太陽已經下山，烏漆墨黑的什麼也看不見時，她打斷了我：

「沒關係，我以後想出門就能出門，隨時都能來看。多虧你今天煮牛肉蓋飯給我吃，我現在心情好多了。真的很謝謝你。」

魔里進門時是我走向她，告別時則換成她走向我，毫不猶豫地親吻我兩邊的臉頰。她先親左邊，再親右邊，用力吻上來的嘴唇觸感搔得我癢癢的。那一瞬間我以為自己佇立在巴黎的塞納河畔。

「天已經黑了，回家路上小心。」

相信魔里到家之後，等待她的是漫長特別的一晚。

「天氣很冷，你也要當心，別感冒了。」

我和喬伊排排站，一起目送她踏著輕盈的步伐回家。

我抬頭仰望天空，想像一輪圓月出現在夜空中，同時默默祈禱魔里吃下肚的牛肉蓋飯能送到她媽媽身邊。

這個冬天，我面臨嚴峻的考驗。

約莫從年初開始，我的鼻子深處發癢，整個人懶洋洋得打不起精神，有時還會突然大咳不已。最痛苦的莫過於總是鼻塞，嗅覺幾乎完全失靈，每天食不知味，心情因此盪到谷底。

我失去接觸外界的手段，不知所措。覺得自己被關進空無一人的密室，一個人孤零零的。

找上魔里商量，她介紹我去附近醫術高明的耳鼻喉科診所。我本來很擔心自己得了什麼不治之症，診斷結果卻是花粉症。

然而吃藥之後卻是成天頭昏腦脹，整個人昏沉沉的。儘管醫生囑咐我要儘量待在家裡，避免開窗，以免花粉入侵。然而我不可能不帶喬伊出門散步，而且不出門添購日常用品便無法生活。出門時緊緊戴上口罩也無法完全阻擋花粉入侵，全身上下總有地方會沾到。過上好幾天睡覺時也會咳到想吐的日子，簡直像是世界末日來臨。

最難過的莫過於春天即將到來，空氣裡應該充滿著許多香氣膠囊粒子，但是現在卻什麼也感覺不到。直到失去嗅覺，我才明白原來自己平常的生活有多麼仰賴鼻子。嗅覺是連結我和外界的粗大臍帶。盲人失去嗅覺就等於失去了和外界接觸的機會。

我因為這件事情而心煩意亂，甚至還遷怒到無辜的喬伊身上。遷怒後我更氣自己，一路掉進惡性循環的深淵。

病到這番田地，我也沒辦法集中精神閱讀。畢竟連走去圖書館借書的力氣都沒了。

由於也不能去整理院子，我最後選擇窩居在家聽廣播與做手工藝來排解心情。我左思右想自己能做什麼手工藝，最後想到的是抹布。之前搬家時我準備了許多白色薄毛巾要送給前來幫忙的朋友，結果大家都客氣的沒有收禮，家裡還剩一堆，正好可以拿來作抹布的材料。

比起明眼人，盲眼人穿針的確得花比較多時間。但是如果用針孔比較大的刺繡針取代一般的針，就算是我也能利用穿針器輕鬆穿過繡線。打結的方法則是當初上了一年的特教學校的家政老師教過我。穿針後在繡線的一頭打結，接下來只要在摺好的白色薄毛巾上一針一線慢慢縫就好。我特意挑選紅色、藍色和綠色等鮮艷的繡線，把所有心思都投注在抹布上，一邊喝著據說能有效舒緩花粉症症狀的甜茶。

縫紉時總有一段時間感覺過得特別快，我也暫時忘卻鼻塞之苦。放鬆的同時又要專心縫紉不是一件簡單的事。然而就算只能短暫進入這種狀態，心靈還是能因此平靜祥和，好像和全世界的人手牽手跳排排舞。

紅色代表熱情。
藍色代表萬里無雲的晴空。
綠色代表地球。
粉紅色代表溫柔。
黃色代表太陽。

紫色代表黃昏。

先不管我的想法是否正確，我逐漸建立起自己對於顏色的印象，組合這些顏色完成抹布。記住自己用了哪些顏色，想像完成的抹布究竟是何模樣是專屬我個人的樂趣。

儘管當初是逼不得已才開始縫抹布，我卻在作業過程中發掘出一抹樂趣與喜悅。魔里看到我在低潮時完成的抹布，對此讚不絕口。

「哇！好棒喔！」

那天魔里突然拿橘子來分給我，看到我縫到一半的抹布如是說。

「真的嗎？」

看到我怯生生的模樣，她調皮地回答我：「你覺得魔女魔里會騙你嗎？」

「那你隨便拿幾條喜歡的抹布走吧！就當作是謝謝你送橘子的回禮。」

魔里一聽到便嚴厲告誡我：「你不能隨便賤賣這些抹布！」

我吞吞吐吐地說：「可是……」

「小十，這個社會的規矩是用心製作的成品不能隨便送人，必須等價交換喔！」

魔里這句話說得理所當然。可是就算要我賣，我也不知道該怎麼賣。

「沒關係，我有個好主意。」

她得意地笑了起來，開口問我：「你覺得一條賣三千塊日幣怎樣？」

「太貴了！」

我想也不想便脫口而出。這世上哪有人願意花三千塊買一條抹布呢？三千塊可是好幾天的餐費呢！就算只是開玩笑，也開得太過火了。

我一口咬定：「一條抹布不可能賣三千塊。」

「那兩千塊呢？」

「我覺得這樣還是太貴了。」

「嗯──那一千五呢？」

老實說，就算賣一千塊日幣我都覺得還是太貴了。做這些抹布，我本來就不打算賣錢，光是有人願意用就很高興了。不過要是有人肯買，當然是再高興不過了。能自己賺錢該有多幸福啊！如此一來，我也能稍微回報至今協助自己的所有人和整個社會。

「我可以接受。」

深思熟慮後，我老實地點點頭。

「好！那我們的交易就成立囉！今天我沒帶多少錢，所以只能買一條。這下子我就是第一個買下小十原創抹布的人了！真是太棒了！」

魔里的聲音聽起來精神奕奕。她把一千五百塊放到我手上，我把這筆錢塞進裙子的口袋裡。

我把裝著之前縫好的抹布成品紙箱搬過來給魔里看。我看不見她臉上的表情，只聽到她屢屢發出如同嘆息般的感嘆——覺得自己好像被扒個精光，遭到對方用放大鏡細細觀察——我羞到跑去泡茶。甜茶喝久了，偶爾也想喝喝綠茶。

我隔著裙子，輕輕撫摸魔里剛剛塞給我的一千五百塊。我想用這筆錢買好喝的茶，像她家裝在罐子裡的那種好茶。下次換我招待她喝好茶了。

魔里教過的學生中有一位男生擅長架設網站，他為我架設和管理了販賣抹布的網站。首先，把我在冬天時縫製的抹布全部拍照上傳，然後就開始銷售了。我起初以為抹布這種在百元商店就買得到的東西，不會有人願意花大錢買。沒想到網站開設不到一天，居然就賣出了兩條。我列印出客戶的地址，貼上信封，把抹布寄給對方。

熟悉了作業後，我也能自己拍照和上傳。但是實現夢想的路途還很遙遠，我先把這件事情當作目標，努力縫製抹布。肩頸僵硬痠痛時，便跑去找魔里幫我艾灸，每次我都會付她材料費。

擔心原料用完實在是杞人憂天。大家知道我在縫抹布之後，魔里和其他朋友紛紛把家裡的毛巾免費送給我。花粉症雖然害我錯過春天的開頭，開始縫製抹布卻引導我邁向出乎意料的方向。

「小十的抹布最棒了！」

魔里每次見到我，必定會誇一誇抹布的事。

他還向身邊的人如是介紹我的抹布：「我剛開始捨不得用這麼漂亮的抹布，實際用了卻發現打掃變得好輕鬆！而且比之前有效率多了！果然好抹布真的很重要！」

櫻花凋零時分，出門終於不再需要戴口罩。我又能由衷享受和喬伊散步的時間了。

賞櫻不是只能靠視覺。春風徐徐吹來時走過櫻花樹下，無數的櫻花飄落在我身上，像是淋了一場晴天雨；伸出掌心便能觸摸到花瓣，撫摸樹幹就能感受到和喬伊一樣的溫度，至於雙腳感受到的則是層層疊疊的落花柔軟一如海綿蛋糕。

我把對春天散步小徑的印象烙印在心上，日後呈現在抹布上。

驚訝的是花粉症的季節過去之後，我還是繼續縫製抹布。縫抹布之於我是一種生活紀錄。原本我是想透過專心縫抹布忘卻花粉症那些難受的症狀，現在卻覺得這件事可能成為我生命的意義。儘管我無法單憑抹布的收入養活自己，希望至少能賺到養喬伊的費用。如此一來，我就能活得更抬頭挺胸一點。

我的生活除了和喬伊散步、照顧院子、上圖書館與閱讀，現在又加上縫抹布。

自從開始縫抹布以來，我的人生又增加了一些寶石般閃耀的時間。雖然有時我會忘記吃藥，回想起過去的黑暗時光而陷入恐慌。然而現在包圍我的，卻都是燦爛美麗的光芒。只要我伸出手，就能感受到這道光；只要我求助，就會有人伸出援手。我可以放心相信有人會保護我，光芒會永遠環繞著我。

我是在某個夏天早晨發現那股氣味。

那是我熟悉的氣味，非常懷念的氣味，卻想不起源頭。

我於是赤腳走進院子。

「早安。」

我跟平常一樣向植物打招呼。前一天夜晚的痕跡還留在院子的泥土地上，腳底冰涼微濕。

我開始在院子裡探險，以腳尖小心翼翼前進，以免踩到花草。

「你在哪裡呢？」

我在心裡溫柔呼喚對方，逐漸縮短與對方的距離。

「原來你在這裡啊！」

我一邊摸索花草的形狀，輕輕蹲下，用手指分辨貼在根部石頭上的點字標籤：

「ㄖㄣˇ　ㄉㄨㄥ，忍冬。」

「媽媽。」

當我回過神來時，已經說出口了。接著我又用滿懷愛意的口吻呼喚一次：

「媽媽。」

我終於想起來了。忍冬就是媽媽的味道。我已經忘記這件事情很久了，現在才想起來媽媽總是散發著忍冬的香氣。

忍冬的花季是孟夏，帶著潮濕的香草氣息。小時候媽媽曾經讓我嘗過忍冬的花蜜。她摘起嬌小的花朵，放進我的嘴裡。我記得花蜜沉睡於花瓣底部，輕輕吸啜一口，嘴裡都是淡淡的砂糖水味道。

我輕輕摘下忍冬的花朵，吸吮沉睡於花瓣底部的花蜜。

好甜。

甜蜜溫和的滋味讓我回想起在媽媽懷裡，吸吮媽媽胸部時的心情。母奶想必也是這個味道。

忍冬喚醒我心中珍貴的記憶。

院子在夏季尾聲時陷入短暫的寂靜，進入冥想狀態，悄然無聲。這種時候我聞不到任何從院子傳來的氣味，這代表季節即將從夏天轉換為秋天，等到進入秋天後又會慢慢散發味道。

魔里從這個秋天開始重執教鞭。我打開窗戶就能聽到她的琴聲從遠方傳來。她不再彈奏那些慷慨激昂的樂曲，我覺得涓涓流水般的樂曲更適合她。琴聲化為金黃色的絲線，震動我的耳膜。

小鈴又快要當媽媽了。這一胎聽說是女兒，恰好湊成一個好字。我正在為即將來到人世的小寶寶縫製布尿布，打算當作祝賀她喜獲麟兒的賀禮。

隨著時間流逝，我也滿三十歲了。

直到現在，十歲生日那天的記憶還是像昨天發生的一樣鮮明：穿上媽媽送給我的洋裝時的觸感，烤箱飄來巧克力蛋糕的甜蜜香氣，媽媽為我打扮時嘴巴上口紅的味道，她抱著我走路時感受到的胸部溫度和照相館伯伯的氣味。

我站在鏡子前面，細細梳整頭髮，把及肩的頭髮分成左右兩股，編成兩條辮子。塗上粉底；擦上淡粉色的口紅——口紅是小鈴幫我挑選的顏色，說是最適合我；用睫毛夾把睫毛夾翹；最後輕輕畫上腮紅。這一整套基礎化妝法是小鈴在我離開兒童之家時教我的。化完妝，換上正式的洋裝，我對喬伊開口：

「等一下我們要去照相館喔！今天是我三十歲生日，所以我要帶你去照相留念，慶祝自己生日。」

我為了這天，每個月都省下一點錢當拍照基金。

拿出以前A子給我的紀念照，用手機拍下寫在墊底厚紙上的照相館名稱，用語音朗讀APP讀出照相館名稱，搜尋照相館的地址，再用別的APP確認怎麼去照相館，把前往照相館的路記錄在自己腦海中的地圖裡。

「喬伊也稍微打扮一下吧！」

我靈機一動，稍微幫牠梳梳毛，在脖子綁上紅色的手帕，裝上導盲鞍。我自己也套上不常穿的黑色皮鞋，鎖上家門後出發。

「喬伊，Go！」

一聽到我發號施令，喬伊和平常一樣精神抖擻地踏出腳步。

老實說我並不確定當年媽媽抱著嚎啕大哭的我走過的路和現在走的是否相同，但是我已經不再因為震天巨響而大哭大鬧，也長出足弓，能靠自己的雙腳支撐身體了。

「Good！喬伊，Good！」

我熱情鼓勵喬伊，覺得我們正在舉行凱旋遊行。對！今天是我和喬伊的生日紀念遊行！我們一人一犬通力合作，贏得閃亮的光芒。我的右手高舉光芒形成的獎盃，渴望接近藍天。

從我家走到照相館約莫三十分鐘。途中雖然走錯路又往回走，不過還是平安抵達了。在走進照相館之前，一台哈雷機車從我們旁過經過。我心想這或許是老天爺送給我的小小生日禮物，整個人都開心了起來。

在眾多人工聲響當中，我特別喜歡哈雷機車的聲音。儘管遇上哈雷機車的機會不多，不過要是在路上偶遇的話，別說是當天了，我甚至會雀躍到第二天。光是回想哈雷機車低沉到鑽進丹田的重低音，當下的幸福感受就像滿嘴都是最喜歡的巧克力。比起四葉幸運草，我更想遇上哈雷機車。

我陶醉在哈雷機車的餘韻當中，一邊走進照相館。

一穿過自動門，外界的喧囂頓時消失，我好像瞬間回到二十年前，真是奇妙。

「歡迎光臨。」

我站在門口觀察了一會兒，一名男子從店後方走過來。他的聲音聽起來將近四十歲，個子不高。無論我怎麼嗅聞，都聞不到當年的味道。

「您好，我二十年前曾經來這裡拍過照。

要是您記得當年的事，可以說給我聽嗎？」

我才說到這裡，就感覺到眼前的男子倒吸了一口氣。

「您坐在那邊的沙發等我一下，我去叫家父來。」

對方一說完，旋即離開。

我自行摸索沙發的位置坐下來。沙發散發舊皮革特有的油脂氣味，附近似乎堆了報紙，傳來紙張與墨水的味道。

坐了好一陣子，沒遇到半個客人上門，自動門一直關著。明明商店街近在咫尺，卻幾乎聽不到任何動靜。照相館裡大概有飼養金魚的魚缸，傳來機械運轉的聲音。喬伊似乎有些疲倦，趴在我腳邊休息。

自動門突然開啟，我和喬伊都稍微吃了一驚。然而我馬上明白是剛剛招呼我的男子把他父親帶來了。因為我聞到熟悉的氣味。

「不好意思，讓您久等了。家父上個月從樓梯上摔下來，跌斷了腿。我把他從家裡帶過來，花了一點時間。」

「我才不好意思，勞師動眾讓您把令尊帶過來。」

聽到我過意不去，換成父親安慰我：「別在意，我也好久沒呼吸外面的空氣了。」

他的聲音和兒子一模一樣，但因為坐在輪椅上的關係，感覺聲音離得特別近。

這對父子的聲音都很平易近人。我和父親說話時，兒子到後面泡茶。端來的玄米茶散發出來的香氣瞬間把我帶到了草原，感受習習涼風。我等到自己冷靜下來，方才開口：

「其實我跟家母曾經在這裡拍過合照，正好就是二十年前的今天。」

我儘量朝著父親的方向說話。

對方回應的語氣充滿感慨：「我還記得喔！原來你就是當時的小女孩。」

說完之後，他叫兒子過來：「去幫我把二十年前的筆記本拿過來。」

老闆吩咐兒子拿筆記本過來之後，剛好電話響了起來。當兒子應付電話時，老闆一邊翻閱筆記本，繼續以沉穩的聲音告訴我：

「當時正好天氣變冷，我以為不會有客人上門，就喝起咖啡來。一名年輕女子背著小孩走進來，說想拍紀念照。小女孩在她的背上哭個不停，哭法完全符合『嚎啕大哭』這個形容。女子頭上包著絲巾，就是以前那種絲巾包頭的繫法。聽完我說明照片尺寸與收費方式之後，她說最小的就好了。她個子高䠷，皮膚白皙，非常漂亮。可是她十分安靜，除了跟我一問一答之外，幾乎不發一語。女兒哭成這樣還是沒什麼反應，我覺得很奇怪。

後來我請她坐在攝影棚的椅子上，可是小女孩仍舊哭個不停。我拿起吸引小嬰兒視線時用的小喇叭，試著發出聲音。結果小女孩反而哭得更厲害。後來我實在手足無措，不知該如何是好。」

「真是不好意思。」

我回想起當時的情況，向對方道歉。當時我只覺得周遭充斥陌生的聲音，光是聽到這些動靜就嚇個半死。

「所以我對她說，既然是要拍紀念照，要不要等女兒改天心情好一點時再來呢？可是她當時以堅定的眼神望著我，嚴肅地搖搖頭；我因此稍微瞥見她右邊臉頰上有紅色斑痕。我想那天應該是什麼特殊的日子吧！於是我們一起等小女孩冷靜下來，我還把鐵門拉下來，免得其他客人進來打擾。

後來小女孩哭累了，稍微安靜下來。我於是請她重新坐下。我本來以為是母女倆要排排坐拍照，小女孩卻怎麼也不願離開母親的胸口，一直抓著襯衫，死也不肯放手。結果女子背對相機坐下來，讓小女孩的臉靠在她的肩頭上。我很少拍攝背影的照片，不過我了解做母親的心情，所以選擇配合對方。我透過鏡頭望向小女孩的臉蛋，發現她實在好可愛。正當我要按下快門時，女子突然解開頭上的絲巾。

一般這種時候應當要整理裙襬，調整腳的位置或是衣服的皺褶等細節。不過小女孩好不容易停止哭泣，我於是趕緊按下快門，免得錯過時機。」

「所以拍照的那一刻我沒有哭是嗎？」

我的印象是自己一直嚎啕大哭。

「是不到完全停下來的地步，不過我按下快門時，可能是母親搔了女兒肚子吧！那一瞬間小女孩露出笑容，母親看到孩子的笑容也跟著笑了起來。我當時覺得好險拍到一張好照片。」

我一直以為照片裡只有媽媽的背影和我哭泣的模樣。

「原來如此，那我和媽媽都笑了嗎？」

我忍不住重新確認老闆究竟拍到了什麼。

「是啊！居然拍到兩人一起露出笑容的瞬間。我認為這種照片都是攝影之神的巧妙安排。」

「那天是我十歲生日。」

這句話裡隱含了許多情緒。

「警方來調查過，但是我一直沒發現小女孩眼睛看不見。原來真的是你。」

我沒有自覺，不過大家都說我張開眼睛時看起來就像明眼人，所以我在外面行動時會刻意閉上眼睛。

如果二十年前媽媽沒帶我來照相，也許我到現在還是不知道自己的出生年月日。如果當年這位老闆沒幫我們拍照，也許我到現在還是一個人無聲無息地在垃圾屋裡生活。

這一切都是假設。

雖然這一切都是假設，可以肯定的是這位老闆也是證明我存在的重要證人。

我衷心向老闆道謝：「謝謝您。」

對方的聲音聽起來像在哽咽：「不客氣。」

他從面紙盒裡抽出面紙，一邊假託其他理由解釋：「不好意思，最近我變得很愛哭。」

這時，我想起今天造訪照相館的另一個目的。於是摸著喬伊的頭，向老闆提出要求：「其實我今天來是想再請您幫我拍照，這次我想跟牠一起拍。」

老闆以開朗的聲音回應我：「當然歡迎！」

他大聲呼喚兒子，吩咐對方準備拍照。老闆兒子好不容易講完電話，在店後方等待。

老闆兒子引導我和喬伊走進攝影棚。他很貼心，特意準備了二十年前我跟媽媽一起坐過的長椅。

老闆媳婦也來到照相館，為我整理瀏海、領子和裙襬。老闆則是移動到離相機有點距離的位置。他發出聲音似乎是為了讓我和喬伊的視線望向自己的方向。

「家父發出聲音沒關係嗎？」

負責拍照的兒子有些擔心。我露出從容的笑容表示沒關係。二十年之後，我已經不再是那個害怕聲音、大哭大叫的小女孩了。聲音不再是恐懼的對象，而是為世界增加色彩的元素。

照相館老闆用聲音有點可笑的樂器發出叭噗、叭噗的聲音，吸引我和喬伊注意。老闆媳婦不僅為我整理儀容，還幫忙清理喬伊的眼屎，好讓拍攝成果更加完美。我深深感覺自己受到許多人呵護關心。

「我要拍囉！一、二、三！」對方發出溫柔有力的聲音，同時按下快門。

距離我和媽媽第一次拍照，已經過了二十年。

從照相館回家的路上，我對喬伊說：「我三十歲了耶！」

我平常是透過硬綳綳的煎餅受潮變軟、原本濕漉漉的衣服晾乾、或是院子裡的花朵枯萎結果又發芽，來感覺時間流逝。因為我只能依靠自己的雙手、鼻子、嘴巴和耳朵來掌握外界，所能理解的只有體驗得到的一切，所以我的世界就像是星座是由獨立的星星連結而成；人生的過程是，在看不見的夜空中，一點一滴增加熟悉的星座。

由於一切都是靠自己摸索，所以我實際生活的世界跟小學生暑假做的模型差不多迷你。

可是這個迷你世界裡有喬伊，有永遠的院子與烏鶇合唱團，還有魔女魔里小姐和小鈴等幾個知心好友。除此之外，我還有圖書館與故事，隨時隨地都能隨心所欲閱讀。

不僅如此，我認為從小接觸的所有故事中的主角、小配角甚至是動植物，全都是陪伴我度過人生的夥伴。儘管我腦容量有限，有時會忘了他們，大家卻都是名為「我的人生」這艘船的船員。

「我好幸福喔！」

我繼續對喬伊說：

「活著，真是件了不起的事呢！」

我突然想到自己十歲拍一次照，三十歲又拍一次照，下次拍照是五十歲吧？到時候喬伊已經不在人世，搞不好連我也離開人間。畢竟誰也不知道究竟何時死期將至。

所以我必須享受每一個當下。

就連能和喬伊一起散步，都是了不起的奇蹟。「人生就是一連串的奇蹟」。發現這件事情或許是我三十歲最棒的禮物了。

我有時會分不清究竟是忍冬變成媽媽還是媽媽變成忍冬，又或者媽媽根本就不存在，打從一開始就只有我一個人，這一切都是忍冬的精靈讓我看見的一場幻夢。

然而在離聖誕節沒幾天的寒冷日子，發生了一件奇妙的事。

我原本在床上睡覺，突然感覺到陌生的氣息，瞬間驚醒。當時我以為自己還在夢境裡，因為我居然聞到了忍冬的氣味。

為什麼冬天還會傳來忍冬的香氣呢？

我閉著眼睛，覺得非常不可思議。此時一道電流莫名流遍我全身。

我緩緩吸進忍冬的香氣。

當我再度醒來時，才發現自己剛才又沉沉睡去。

幾年之後，我才知道原來媽媽已經過世了。我難得收到信，一收到便用語音朗讀APP確認寄件人，發現原來是星期三的歐德先生寄給我的。內容很短，信上說明他把媽媽託給他的東西寄給我。

所謂「媽媽託給他的東西」是媽媽以前抄在稿紙上的《泉水》。

我一摸到稿紙就想起媽媽的聲音，她溫柔的聲音在我心中迴響——這是媽媽愛過我的證據，而祖父，也就是媽媽的爸爸也曾經愛過她。

我捧起媽媽字跡的稿紙來嗅聞，覺得微微散發著忍冬的香氣。是我的錯覺嗎？

一切都是從這首詩開始，現在這首詩又回到我身邊。我的人生兩頭連結了起來，形成圓形的花圈。雖然這個花圈有些歪斜，美麗的圓形當中包含了我和媽媽的人生。

我想抱住媽媽，用自己的雙手溫柔地抱住媽媽。

但是這已經成為不可能實現的夢想，那天突然驚醒應該是媽媽來向我告別吧！冬天出現的忍冬香氣一定是媽媽的魂魄。

我用力把忍冬香氣吸進胸口，所以媽媽現在也活在我的身體裡了。

我在心裡默念《泉水》這首詩。

當年是媽媽念給我聽，現在換成我念給媽媽聽了。

無須煩憂，因為泉水必不乾枯。

放心在我身邊安睡吧！

念完結尾，我想起來了。雖然我讀不了媽媽寫在紙上的字，她的聲音卻永遠烙印在我心裡。

現在我終於明白當年媽媽念詩給我聽的心情。

媽媽是愛著我的。

如同我愛著媽媽，媽媽也愛著我。她不過是途中走到岔路上，剛開始她也是打從心底愛著我的。

當我發現這點時，突然傳來一陣忍冬的香氣，悄悄又輕輕地環繞我的肩膀。

這世上還有很多事情等著我去挑戰。

我才剛剛打開人生的另一扇門。

我想坐飛機飛上青天，親自感受機身受到風力影響時的風壓。

乘坐哈雷機車也是我的目標之一。雖然我可能無法自己駕駛，至少可以緊抓著別人的背，感受何謂迎風邁向未來。

要是哪一天有機會，我也想騎馬看看。

或許馬願意載像我這樣眼睛看不到的人。我也不堅持一定要一個人，跟其他人一起也可以。想稍微加快速度，在草原上奔馳。就算只能騎一下下，我也想跨上馬背，朝蔚藍的天空展翅高飛。

這就是我的夢想。

我雖然看不見，卻能感受到這個美麗的世界。世上還隱藏了許多美好的事物。所以我想用自己嬌小的掌心，溫柔愛護這些事物。這就是我來到這個世界的目的。只要我活著，夜晚的星空就會持續誕生專屬我的星座。

國家圖書館出版品預行編目(CIP)資料

永遠的院子 / 小川糸著 ; 陳令嫻譯. -- 初版. -- 臺北市 : 遠流出版事業股份有限公司, 2022.04
面 ;　公分
譯自 : とわの庭
ISBN 978-957-32-9458-0(平裝)

861.57　　111001877

文學館 E06021

永遠的院子

とわの庭

作　　者——小川糸
譯　　者——陳令嫻

主　　編——許玲瑋
插　　畫——簡雅婷
行銷協力——林昂織
視覺協力——賴永祥・簡雅婷
封面設計——兒日設計
中文校對——魏秋綢
排　　版——立全電腦印前排版有限公司
製　　版——東豪印刷事業有限公司

發 行 人——王榮文
出版發行——遠流出版事業股份有限公司
地　　址——104005 台北市中山北路一段11號13樓
電　　話——（02）2571-0297　　傳　　真——（02）2571-0197
著作權顧問——蕭雄淋律師
遠流博識網 http://www.ylib.com

ISBN 978-957-32-9458-0　　定價380元
2022年4月 1 日初版一刷
2022年4月28日初版二刷